좋았던 것들이
하나씩 시시해져도

좋았던 것들이
하나씩 시시해져도
하현

겨우내 앙상했던 나뭇가지마다 새잎이 돋고 점점 푸르름이 진해지기까지, 아이스크림 원고가 일주일에 한 번씩 혹은 두 번씩 꼬박꼬박 저의 메일함에 도착했습니다. 오직 저만을 위한 사전 연재라고나 할까요. 편집자의 직업적 특혜이자 첫 번째 독자로서의 행복이라고도 할 수 있겠네요. 매일 각기 다른 아이스크림에 관한 이야기가 모니터에 펼쳐졌습니다.

원고가 들어온 날이면, 저는 그날 이야기에 등장한 아이스크림을 손에 들고 집으로 돌아가곤 했습니다. 이제는 품절되어 더 이상 구하지 못하는 일부 아이스크림을 제외하면, 사무실에서 출발해 집에 도착하기까지 흔히 마주치는 편의점 혹은 동네 슈퍼, 때로는 마트 등에서 어렵지 않게 구할 수 있었습니다. 유년 시절부터 성인이 된 지금까지 익숙하게 먹어온 것들이었죠.

차가운 아이스크림을 한입 베어 물면, 세상에서 가장 가까운 천국의 문이 활짝 열렸습니다. 오늘 화가 났던 것, 오늘 속상했던 것, 그렇게 한껏 뜨거웠던 마음은 아이스크림과 함께 녹아내렸습니다. 찰나이지만 거의 완벽에 가까운 평화입니다.

철없는 개구쟁이 시절 먹었던 아이스크림이 어른이 되어서도 비슷한 위로가 된다는 것이 경이롭기까지 합니다. 여전히 달콤하고 새콤하고 차가운 맛 그대로입니다. 그렇게 변함없이 예측 가능한 기쁨이 멀지 않은 곳에 언제나 존재한다고 생각하면, 정말 든든하죠. 비단 아이스크림뿐 아니라 사람도 마찬가지일 거예요.

오늘은 그 시절 동네 놀이터 그네에 걸터앉아 함께 '쮸쮸바'를 먹곤 했던, 오랜 친구에게 연락해보면 어떨까요? 조금 쑥스럽지만 이렇게 말해야겠어요.

"우리 같이 아이스크림 먹으러 갈래?"

오늘, 화가 났나요? 오늘, 속상했나요? 냉장고 냉동칸을 열어 아이스크림 채워 넣을 자리를 마련해둔 뒤, 그저 푹 자고 일어나면 됩니다. 자고 일어나면 다 괜찮아질 거예요. 세상의 많은 것들이 시시해져도 변하지 않고 반짝이는 것이 분명 있으니까요.

Editor 김지향

차례 ————

한없이 쿨하고 하찮은 사랑

신이 나를 만들 때 빠뜨린 게 있다면 그건 분명 인내심일 것이다. 엄마가 종종 하는 이야기가 있다. 이제는 롯데백화점이 된 상계동 미도파백화점에서 나를 잃어버렸던 이야기다. 지금 내 나이쯤 되었던 젊은 엄마가 세 살짜리 나를 데리고 백화점에 갔다. 엄마 손을 꼭 잡고 한참을 돌아다니던 내가 목이 마르다고 하자 엄마는 바로 앞에 보이는 빈 의자에 나를 앉혀놓고 물을 받으러 갔다.

"엄마 금방 갔다 올게. 여기 잠깐만 있어."

돌아오니 나는 그곳에 없었다. 정말 잠깐이었다. 정수기에서 물 한 컵을 받는 아주 잠깐의 시간. 그사이에 내가 어딘가로 사라져버린 것이다. 눈앞이 하얘진다는 게 어떤 건지 엄마는 그때 제대로 알았다고 한다.

"엄마가 잘못했네, 세 살짜리를 혼자 두고 가면 어떡해." 어느새 서른이 넘은 내가 뒤늦게 따지면 이런 대답이 돌아온다. "아니… 네가 워낙 얌전했으니까 가만히 있을 줄 알았지…." 그렇다. 나는 정말로 순하고 조용한 아이였다. 뭔가를 기다리게 하지만 않으면.

어른이 된 지금도 마찬가지다. 무언가를 얻기 위해 아주 오랜 시간을 기다려야 한다면 나는 높은 확률로 짜증을 내며 그걸 포기해버린다. 그래서 사람이 몰리는 맛집이나 핫플레이스에 가는 일도 거의 없다. 웨이팅은 내가 제일 싫어하는 단어. 만약 고든 램지가 오직 나만을 위한 저녁 만찬을 만들어준다고 해도 30분 넘게 기다려야 한다면 그냥 집에 가서 진짬뽕이나 끓여 먹을 것이다. 물론 그런 일은 일어나지 않겠지만….

그래도 그날은 마음의 준비를 단단히 하고 줄을 섰다. 죽기 전에 꼭 먹어봐야 한다는 유명한 젤라토 가게였다. 아직 살날이 더 많은 것 같긴 하지만 사람 일은 어떻게 될지 모르니까, 가게가 없어질 수도 있으니까, 무엇보다 아이스크림이니까. 지루함을 꾹 참고 기다렸다. 5분, 10분, 15분…. 20분쯤 기다리니 마침내 내 차례가 왔다. 그 시간이 얼마나 길게 느껴졌는지 마치 한 세기가 지난 것 같았다.

젤라토는 맛있었다. 단맛과 신맛의 조화가 놀랍도록 절묘해 입안에서 사르르 녹을 때마다 기품이 느껴졌다. 그래, 이걸 못 먹고 죽었다면 확실히 억울할 뻔했어. 기다리는 동안 내 징징거림을 받아준 친구를 향해 엄지를 치켜세웠다.

하지만 뭐랄까, 분명 맛있었지만 그게 아이스크림이라는 생각은 들지 않았다. 젤라토와 아이스크림은 다르다는 말을 하려는 게 아니다. 나는 얼린 주스도, 냉동 블루베리를 섞은 요거트도 아이스크림으로 치는 관대한 입맛을 가진 사람이니까. 다만 그건 너무 대단했다. 너무 맛있고, 너무 비싸고, 너무 귀했다. 한 번 맛보기 위해 지도를 보고 찾아가 줄을 서고, 이 돈으로 할 수 있는 다른 것들을 떠올리며 야금야금 아껴 먹어야 한다면 그건 내게 더 이상 아이스크림이 아니다. 아무리 아이스크림의 모습을 하고 있어도 그저 고급 디저트쯤으로 기억될 뿐이다.

내가 좋아하는 아이스크림은 약간은 하찮은 음식이다. 그다지 훌륭하지 않다는 뜻이 아니라 대수롭지 않다는 의미에서 그렇다. 기쁘고 맛있고 소중하지만 결코 중요해서는 안 된다. 언제 어디서나 쉽게 구할 수 있고 주머니가 가벼울 때도 부담 없이 먹을 수 있는, 크게 특별할 것도 새로울 것도 없는 아이스크림을 먹을 때 나는 비로소 만족한다.

우리 사이는 언제나 쿨하다. 나는 아이스크림을 사랑하지만 어느 날 갑자기 세상 모든 아이스크림이 사라져도 변함없이 잘 지낼 것이다. 물론 자주 아쉽겠지만. 그리고 그건 아이스크림에게도 마찬가지다. 지금은 이렇게 책까지 쓰며 사랑을 고백하고 있지만 어느 날 갑자기 내가 아이스크림을 전혀 먹지 않게 된다고 해도 국내 빙과업계가 망하는 일은 없을 것이다.

그래서 좋다. 우리가 한없이 가벼운 마음으로 서로를 사랑할 수 있어서. 끈적임 없이 산뜻하게 이 사랑을 말할 수 있어서. 너무 크고, 너무 중요하고, 너무 대단한 것들이 나를 무겁게 짓누를 때면 마음속으로 "잠깐 타임!"을 외치고 재빨리 아이스크림에게로 도망친다. 아이스크림은 내가 가진 그 어떤 문제도 해결해주지 못하지만 다시 용기를 내서 그것들을 마주할 수 있도록 몸과 마음을 차분하게 가라앉혀준다. 그러면서도 절대 생색내는 법이 없다.

차갑게 신선해진 나는 다시 뜨거운 것들과 맞서

싸우기 위해 떠난다. 뜨겁게 일하고, 뜨겁게 화내고, 뜨겁게 아프고, 뜨겁게 즐겁다가 그 모든 것들이 너무 뜨거워서 견딜 수 없어지면 돌아와 와작와작 깨물어 먹을 것이다. 죠스바를, 캔디바를, 수박바를, 비비빅을.

이 책은 아이스크림과 나의 우정에 대한 이야기다. 어쩌면 조금 하찮을지도 모르지만 그렇다면 오히려 더 좋을 것 같다.

어쩌면 이건 어른의 맛

체리쥬빌레

수능이 끝나고 제일 먼저 한 일은 아르바이트를 구하는 거였다. 세상에는 그보다 훨씬 멋진 일도, 재미있는 일도 많았지만 그런 즐거움을 맛보기 위해서는 돈이 필요했다. 나보다 일찍 아르바이트를 시작한 같은 반 친구 S는 다섯 살 터울인 큰언니에게 전수받은 팁을 비밀처럼 소곤소곤 공유해주었다.

"우리 언니가 그러는데 첫 알바는 무조건 대기업에서 하래. 그나마 법 지키는 척이라도 해서 골치 아픈 일 덜 생긴다고. 나중에 다른 알바 구하기도 쉽고."

"우리 언니가 그러는데…"로 시작하는 S의 말은 가끔 재수 없긴 해도 일단 들어두면 언젠가는 도움이 됐다. 카카오톡도 인스타그램도 없었던 시절, S는 먹이를 물어오는 어미새처럼 유용하고 흥미로운 정보들을 수집해 우리에게 전해주는 소식통 역할을 했다. 빠르고 정확한 S의 언니 통신은 우리 반 여자애들의 깊은 신뢰를 받는 채널이었다. 오케이, 첫 알바는 대기업에서! 고개를 끄덕이며 경청하는 내 태도가 마음에 들었는지 S는 자신의 KFC 면접 경험담과 함께 험난했던 적응기에 대한 이야기를 들려주었다.

손님으로 놀러 갈 때와 직원으로 출근할 때의 매장은 어떻게 다른지, 뜨거운 기름을 다루는 일이 얼마나 위험한지, 어리다고 은근히 얕잡아보는 대학생 언니 오빠들에게 동료로 인정받기 위해 어떤 노력을 했는지. 조금 피곤한 듯한, 어딘가 살짝 무심한 듯한 말투로 그런 이야기를 하는 S는 나와 같은 교복을 입고 있었지만 나보다 먼저 어른의 세계에 도착한 것 같았다. 그 모습이 멋있어 보였는지, 약간의 허세처럼 느껴졌는지 이제 그런 건 기억나지 않는다. 내가 기억하는 다음 장면은 어설픈 화장을 하고 바짝 긴장한 자세로 면접을 보는 열아홉 끝자락의 내 모습이다.

탈락, 탈락, 탈락.

평생 할 탈락은 대입 논술 시험을 보며 다 겪은 줄 알았는데 그건 어디까지나 시작에 불과했다. 일이라고는 전단지 한 장 돌려본 적 없는 고등학생에게, 맥도날드는 고려대였고 롯데리아는 연세대였다. 그해 겨울 나는 아무리 밀어내도 파도처럼 다시 돌아오는 실망에 익숙해지는 방법을 배웠다. "연락드릴게요."라는 말이 완곡한 거절의 표현이라는 것을 비로소 깨닫고 나니 어느새 크리스마스가 다가오고 있었다.

　　기다리고 기다리던 합격 소식을 들은 건 노래방에서였다. 모르는 번호로 온 전화였지만 왠지 꼭 받아야 할 것 같은 느낌에 마이크를 내려놓고 복도로 나왔다. "여보세요?" 노래방에 있는 건 이쪽인데 전화기 너머 저쪽에서 더 큰 노랫소리가 들려왔다. 정신 사나울 만큼 시끄럽게 음악을 틀어놓았던 곳. 그곳이 어디인지 직감적으로 알 것 같았다.

　　"얼마 전에 면접 봤던 배스킨라빈스예요. 혹시 다음 주부터 출근할 수 있어요?"

　　통화를 마치고 방으로 돌아온 나는 예약 확인 버튼을 눌러 울적한 발라드 메들리를 취소하고 소녀시대와 카라를 검색했다. 함께 놀던 S는 현란한 손목 스냅으로 짤랑짤랑 탬버린을 흔들며 나의 합격을 축하해주었다.

처음 유니폼을 입은 날, 창고 겸 탈의실 거울에 비친 내 모습을 보고 놀랐던 기억이 난다. 익숙한 로고가 인쇄된 티셔츠를 입고 남색 캡모자를 눌러쓴 나는 아주 오래전부터 거기 있었던 사람처럼 보였다. 아직 인사 말고는 제대로 할 줄 아는 게 없는 내가 너무나도 '배스킨라빈스스러운' 모습으로 손님들 앞에 서 있는 상황이 맥락 없는 꿈처럼 이상하게 느껴졌다.

지역에서 가장 큰 먹자골목 초입에 위치한 우리 매장의 주요 고객층은 단연 취객이었다. 취객… 그들에 대해서라면 무려 12년이 지난 지금까지도 여전히 할 말이 많다. 전국에 계신 수많은 애주가 선생님과 주류회사 관계자들의 적이 될 각오를 하고(말은 이렇게 해도 조금 두렵습니다….) 소신 발언을 해보자면 나는 술이 진짜! 정말! 너무! 완전! 싫다. 물론 알고 있다. 사실 술은 아무 잘못도 없다는 걸. 잘못은 언제나 사람이 한다.

술에 취하면 사람들은 너무 쉽게, 너무 많은 걸 잃어버렸다. 예의와 체면, 자제력과 인내심, 비밀과 기억 같은 것들을. 인간을 인간답게 만드는 건 바로 그런 것들이라는 사실을 취객들은 매일 새롭게 가르쳐주었다.

그래도 마냥 미워할 수는 없었다. 시원시원한 씀씀이로 매출을 팍팍 올려주는 그들 덕분에 내가 돈을 벌게 되었으니까. 취객들의 아이스크림 사랑은 무조건적이라고 해도 좋을 만큼 대단했다. 도대체 그 이유가 뭘까? 나름의 연구 끝에 내가 찾은 답은 이랬다.

① 치킨, 닭발, 곱창, 어묵탕, 골뱅이무침…. 일반적으로 '안주' 카테고리로 분류되는 메뉴들은 맵거나 짜거나 기름진 경우가 많다. 이런 음식을 먹고 나면 자연스럽게 혹사당한 입안을 달래줄 후식을 찾게 된다. 차갑고 달콤하고 부드러우며 종류에 따라 상큼함까지 느낄 수 있는 아이스크림을 그냥 지나치기 어려워지는 것이다.

② 오랜만에 만난 친구들과 2차까지 즐겁게 놀았는데 시계를 보니 아직 9시. 이대로 헤어지긴 아쉽고 본격적인 3차는 부담스러운 사람들이 2.5차 느낌으로 아이스크림을 먹으며 모임을 마무리한다.

③ 회식이 끝나고 거나하게 취해 집으로 돌아가는 길, 가족들 생각에 아이스크림을 포장하는 사람도 있다. 이 유형은 대부분 중년 남성인데 비교적 가격대가 높은 제품을 고르는 것이 특징이다.

마감을 두 시간 앞둔 매장에서는 이런 풍경이 펼쳐진다. 쿼터 사이즈를 주문하고 세 가지 맛을 고른 ②번 무리가 마지막 한 가지 맛을 정하기 위해 가위바위보를 하고, 통 크게 하프갤런을 선택한 ③번 손님은 쇼케이스 앞에서 한참을 고민하다 핸드폰을 꺼내 전화를 건다.

"어어 그래, 아빠야. 배스킨라빈스 왔는데 무슨 맛 사갈까? 자모카… 아몬드… 뭐라고? 홀리데이… 뭐? 잠깐만, 여기서 일하는 언니 바꿔줄게."

③번 손님의 귀여운 따님과 통화하다 보면 ②번 무리의 승자가 당당한 얼굴로 민트초코칩을 외치고, 옆에 있는 친구들은 그 말에 치를 떨며 우우우 야유를 보낸다. 한쪽에서는 들어올 때부터 불안했던 ①번 무리의 만취한 청년이 반쯤 녹은 아이스크림을 바닥에 쏟고 헤실헤실 웃는다. 이 모든 일은 언제나

동시에 펼쳐진다. (집에 갈래….)

　사건이 벌어진 건 한바탕 밀려들었던 손님들이 빠져나가고 점장님이 잠시 화장실에 갔을 때였다. ③번 유형으로 보이는 손님 하나가 비틀비틀 문을 열고 들어와 아이스크림 케이크를 뚫어져라 바라봤다. "케이크 고르시면 말씀해주세요." 한참이 지나도록 아무런 대답이 없어 의아해지기 시작했을 때 마침내 그가 입을 열었다.

　"야, &^#$@%@^…!"

　분명 한국말인 것 같은데 '야' 말고는 하나도 알아들을 수 없었다. 그런데 정말 '야'라고 한 게 맞나? 혹시 한국인처럼 생긴 외국인인가? 혼란스러운 마음으로 그에게 다가갔다. 멀리서도 느껴졌던 술 냄새가 한층 더 짙게 풍겨왔다. 잔뜩 꼬인 발음으로 웅얼거리는 그의 말을 도무지 이해할 수 없어서 쇼케이스에 진열된 케이크 중 하나를 가리키며 물었다. "이걸로 드릴까요?" 그러자 그는 다짜고짜 언성을 높이기 시작했다. 이번에도 내가 알아들을 수 있는 말은 딱 하나였다.

"@($#^%(#&^… 씨발!"

이유 없이 욕을 먹으면 화가 날 줄 알았는데 막상 당해보니 분노보다 공포가 먼저였다. 때마침 돌아온 점장님이 능숙하게 취객을 상대하며 나를 안쪽으로 들여보냈다. 나보다 키가 한 뼘이나 작은 중년 여성인 그는 이런 상황에 이골이 난 것처럼 보였다.

"왜 또 우리 알바생을 잡고 그래! 얘 그만두면 책임질 거야? 기분 좋게 마셔놓고 여기 와서 이러면 내가 짜증이 나, 안 나!"

섬상님의 등장에 기가 팍 죽은 그가 고른 건 체리쥬빌레의 지분이 압도적인 깜찍한 펭귄 모양 케이크였다. 하지만 그 불쌍한 펭귄은 곧 처참한 최후를 맞이하고 말았다. 태어나 처음으로 성인 남성에게 씨발 소리를 들어 당황한 내가 케이크를 상자에 넣다가 실수로 윗부분을 뭉개버린 것이다.

아이스크림 케이크는 지금도 비싸지만 그때는 더 비쌌다. 시급 4,000원을 받고 다섯 시간을 일하는 내게 2만 원이 넘는 그 케이크는 하루보다 컸다. 나는 심장박동이 빨라지는 걸 느끼며 조용히 상자에

리본을 묶었다. 아저씨는 말도 제대로 하지 못할 만큼 취했고, 망가진 케이크를 본 사람은 아무도 없었다. 술에 취해 떡이 된 사람이 떡이 된 케이크를 들고 귀가하는 건 설명할 필요도 없이 자연스러운 일이겠지. 그러니까 그냥….

하지만 그럴 수는 없었다. 사람은 미워해도 아이스크림은 미워하지 말라고, 내 손으로 망가뜨린 케이크를 모른 척 다른 사람 손에 넘길 수는 없었다. 떨리는 목소리로 사실을 고백하자 점장님은 새 케이크를 꺼내 직접 포장했다. 아저씨가 매장 밖으로 나갈 때까지 나는 죄인이 되어 고개를 푹 숙인 채 서있었다.

그날의 마감 시간, 계산대 근처를 서성이는 내게 점장님이 건넨 건 아까 그 펭귄 케이크였다.

"오늘 놀랐을 텐데 집에 가서 이거 먹고 푹 자. 그리고… 그런 사람들만 있는 건 아니야. 살다 보면 좋은 사람도 그렇게 될 때가 있어."

묵직한 상자를 들고 버스 정류장으로 걸어가면서 이런 생각을 했던 것 같다. 어쩌면 이게 바로 S가 말했던 어른의 세계일지도 모르겠다고. 누군가는 소주가 달게 느껴질 때 어른이 된다고 했고, 또 누군가는 펄펄 끓는 국밥을 먹으며 시원하다는 말이 저절로 나올 때 어른이 된다고 했다. 나는 이렇게 말하고 싶다. 내가 배운 첫 어른의 맛은 머리가 띵하도록 달고 차가운 체리쥬빌레였다고.

그 케이크를 먹고 나는 다음 날도 씩씩하게 출근했다. 그다음 날에도, 다시 또 그다음 주에도. 먹자골목의 밤은 언제나 시끄러웠고, 취객들은 감탄사가 나올 만큼 창의적인 방법으로 우리를 괴롭혔다. 하지만 이제 상상할 수 있었다. 매장 저울을 믿을 수 없다며 집에 가서 다시 무게를 재보겠다고 나를 향해 윽박지르던 사람이 어린 자식에게 살뜰하게 고등어를 발라주는 모습을, 레인보우 샤베트의 하얀 부분만 먹고 싶다고 생떼 부리던 사람이 월요일 아침 퀭한 얼굴로 미적미적 출근하는 모습을.

그런다고 당장 달라지는 건 없었지만 억지로라도 이렇게 생각하다 보면 그들을 향한 미움이 조금 옅어지기도 했다. 그건 다른 누구도 아닌 나 자신에게 도움이 됐다. 밤의 매장을 지키며 점장님과 나는

많은 이야기를 나눴다. 그러나 이 말은 끝내 전하지
못했다.

　점장님, 저 사실 체리쥬빌레 싫어해요.
　점장님도 그러셨잖아요. 도대체 이게 왜 체리맛
인지 모르겠다고. 저는 캐러멜 프랄린 치즈케이크가
제일 좋아요. 그런데요, 여전히 가끔 일부러 체리쥬
빌레를 먹어요. 내 안에 미움이 너무 많을 때. 그게
나를 해치려고 할 때. 그런 날의 퇴근길에는 분홍색
간판을 그냥 지나칠 수가 없어요. 그리고 어차피…
캐러멜 프랄린 치즈케이크는 단종됐거든요.
　잘 지내시죠?
　저는 잘 지내요.

작은 쉼표를 찍어주고 싶다면

거북알

대학생 2명 중 1명이 취업 대신 창업을 고려하고, 성인 10명 중 6명이 언젠가 창업할 의향을 가지고 있는[•] 바야흐로 창업의 시대. 오랜 고민 끝에 나도 작은 피자 가게를 차렸다. 처음이라 모르는 것도 많고 자본금이 부족해 최신식 설비도 갖추지 못했지만 건강하고 맛있는 피자를 만들겠다는 일념 하나로 성실하게 매장을 꾸려나가고 있다. (지금 이 글도 오늘의 영업을 마치고 뻐근한 허리를 두드리며 쓰는 중이다. 아이고….)

일개 아르바이트생이었던 때와 다르게 사장이 되면 손님들이 사랑스러워 보일 줄 알았다. 아무리 진상을 부려도 매출을 올려주는 사람이니 마냥 밉지만은 않겠지. 하지만 막상 겪어보니 딱히 그렇지도 않았다. 나는 여전히 틈만 나면 손님을 흉보기 바쁘다. 말이 나온 김에 우리 가게 손님들의 빛나는 어록을 살짝 공개해보겠다.

• 각각 온라인 구직 사이트 알바천국(2021년)과 사람인(2022년)의 설문조사 결과로, 표본이 크지 않아 이것만으로 현실을 말하기에는 다소 무리가 있지만 그렇다고 해서 아주 틀린 이야기는 아닐 것이다.

"페퍼로니 없는 페퍼로니 피자 주세요."

"눈 감고 버섯들을 얹으셨나요? 엉망진창이잖아요."

"여기 분위기도 좋고 피자 한 조각 먹기 딱 좋은 핫플레이스인 것 같아요. 저한테 디스카운트해주시면, 몇천 팔로워가 있는 제 SNS에 올려드릴게요!"

"피자 가게 꽤 오래 하시네요, 좀 잘하시나 봐요? 얼마나 맛이 깊은지 한번 보죠."

"안녕하세요, 저는 피자를 싫어해요."

아, 내 혈압. 정말 짜증나는 건 그들이 뭐라고 하든 나는 오직 두 가지 대답만 할 수 있다는 사실이다. "오케이." 혹은 "네?" 둘 중 하나만. 왜 그래야 하냐고? 죄송합니다, 전부 게임 이야기였거든요….

요즘 재미있게 하고 있는 〈좋은 피자, 위대한 피자〉는 피자 가게를 운영하는 시뮬레이션 게임이다. 재료를 모으고, 피자를 굽고, 그걸 판매하는 게 전부인 이 평범한 게임이 구글 플레이 스토어 인기 순위 1위에 오를 만큼 유명해진 비결은 바로 게임에 등장하는 이상한 손님들이다. 기상천외한 요구로 뒷목을 잡게 만드는 진상 손님들의 대사가 여기저기 공유되며 입소문을 탔고, 그와 함께 이 게임의 개발자가 실제로 4년 동안 피자 가게에서 근무했다는 사실이 알려지며 사람들의 흥미를 불러일으켰다.

만약 그가 피자 가게 대신 아이스크림 가게에서 일했다면 이 게임은 〈좋은 아이스크림, 위대한 아이스크림〉이 되었겠지. 그랬다면 아마도 이런 손님이 등장하지 않았을까?

"딸기 아이스크림 하나 주세요. 아, 녹지 않는 걸로요."

(네?)

하지만 이제 그 황당한 주문에 "오케이."라고 대답할 수 있게 되었다. 말도 안 되는 주문만큼이나 말도 안 되는 일이 일어난 것이다.

몇 해 전 여름, 놀라운 기사를 읽었다. 바다 건너 일본에서 녹지 않는 아이스크림이 출시되었다는 소식이었다. 자세히 읽어보니 사실은 '녹지 않는' 아이스크림이 아니라 '쉽게 녹지 않는' 아이스크림이었지만 그래도 믿기 힘든 건 마찬가지였다. 우리나

라만큼이나 덥고 습하기로 유명한 일본의 한여름 실온에 30분을 방치해도 처음 모습 그대로라니.

이 신비한 아이스크림은 딸기에서 추출한 폴리페놀을 이용해 만들어졌다. 폴리페놀은 물과 기름이 분리되지 못하게 하는 특성을 가지고 있는데, 이로 인해 생긴 막이 얼음 알갱이를 보호해 오랫동안 형태를 유지시켜준다는… 솔직히 무슨 소린지 모르겠다. 그 기사를 읽으며 나는 생각했다.

이 바보들아! 아이스크림은 녹아서 좋은 거라고!

아이스크림은 녹는다. 여름은 덥고 겨울은 춥다는 말만큼이나 당연한 소리를 굳이 종이까지 낭비해가며 하는 이유는 그것이 아이스크림의 본질이기 때문이다. 어린아이가 엄마 아빠의 사정을 봐주지 않고 아무 때나 와아앙 울음을 터뜨리듯 아이스크림 역시 온도가 마음에 들지 않으면 가차 없이 녹아버린다. '앗, 지금은 다들 바빠 보이니 눈치껏 천천히 녹아야겠군.' 아무도 신경 쓰지 않는 곳에 덩그러니 놓인 아이스크림이 홀로 이런 생각을 한다면 고맙고 기특하기보다 슬플 것 같다. 아무도 봐주지 않고 누구에게나 공평하게 멋대로 구는 것. 나는 그게 아이스크림의 미덕이라고 생각한다.

이 분야의 최강자는 누가 뭐래도 거북알이다. 거북알을 먹기 전이면 언제나 마음의 준비를 한다. 자, 시작이야! 포장지를 뜯는 순간부터 결연한 의지를 다지는 것이다. 살짝 녹아 고무 튜브 밖으로 흘러나오기 시작한 거북알을 멈출 수 있는 건 세상에 아무것도 없다. 아주 잠깐이라도 한눈팔면 손은 물론이고 옷까지 철저한 응징을 받는다. 거북알은 정말이지 자기밖에 모른다. 쉬지 말고 계속 먹어! 차가워도 손 떼지 마! 핸드폰도 만지지 마! 나한테만 집중해! 그러면 나는 한 마리 순한 양이 되어 "오케이."만 반복한다. 이 막무가내 고집불통에게 감히 "네?"라고 대답할 수는 없기 때문이다.

그런데 이상하게 싫지가 않다. 다른 건 아무것도 하지 못하고 웃기게 생긴 아이스크림만 쪽쪽 빨아 먹는 동안 내 안의 무언가가 잠시 꺼졌다가 다시 켜지는 기분이 든다. 분명 내 몸 어딘가에 있지만 나는 결코 찾을 수 없는 재부팅 버튼을 누군가 꾸욱 눌

러준 것처럼. 사실 거북알은 특별히 맛있는 아이스크림은 아니다. 거북알보다 진하고 맛있는 초콜릿 아이스크림은 얼마든지 있다. 그럼에도 거북알이 추억 속으로 사라지지 않고 20년 넘게 현역의 자리를 지키고 있는 건 그 저돌적인 성격 때문이 아닐까. 녹지 않는 아이스크림의 친절함도 멋지지만 사람은 때로 제멋대로 구는 상대에게 더 큰 매력을 느끼기도 하니까.

피자 게임에 등장하는 손님 중에는 수학 공부를 무척 열심히 하는 꼬마가 있다. 언제나 무거워 보이는 백팩을 메고 오는 이 꼬마는 심지어 주문도 수학 문제로 한다. "드디어 수학 기말고사예요! 12÷3÷2개의 피자가 필요해요. 그중 반은 소시지가 있어야 하고, 소시지 중 반은 통밀 위에 있어야 해요." 오, 저런…. 이 작은 아이에게 도대체 공부를 얼마나 시킨 걸까? "오케이."와 "네?" 말고 다른 대답을 할 수 있다면 이렇게 말해줄 텐데.

"지금 너에게 필요한 건 피자가 아니라 아이스크림이란다."

쉴 틈 없이 달리는 누군가에게 작은 쉼표를 찍어주고 싶다면 아이스 아메리카노 대신 거북알을 건네도 좋겠다. 마음의 준비를 하고, 포장지를 뜯고.

"준비됐지? 자, 시작이야!"

(오케이.)

잠자는 난쟁이의 콧털을 건드린 날에는

메로나

언젠가 하루키의 에세이[*]에서 이런 이야기를 읽은 적이 있다. 단 음식을 즐기지 않는 그는 평소 과자를 거의 먹지 않는데, 아주 가끔 참을 수 없이 초콜릿이 먹고 싶어질 때가 있다고 한다. 당장 편의점으로 달려가 초콜릿 한 통을 산 뒤 그걸 길에서 전부 먹어치울 만큼. 이런 충동을 그는 난쟁이의 짓이라고 표현했다. 초콜릿을 좋아하는 성질 급한 난쟁이가 몸속 어딘가에 잠들어 있다가 번쩍 깨어나 난동을 부리는 것이라고.

내 안에는 메로나를 좋아하는 난쟁이가 산다. 하루키의 난쟁이는 1년에 두 번쯤 깨어난다는데 내가 모시는 난쟁이는 그보다 조금 더 부지런하다. 그래서 몇 달에 한 번씩 메로나를 사러 뛰쳐나가야 한다. 난쟁이는 결코 냉동실에 메로나가 있을 때 깨어나지 않는다. 온갖 아이스크림이 종류별로 쌓여 있지만 하필 메로나만 없을 때, 그럴 때를 귀신같이 알아채고 깨어나 지금 당장 메로나를 내놓으라고 난동

[*] 무라카미 하루키, 권남희 옮김, 『채소의 기분, 바다표범의 키스』, 비채, 2012

을 부린다. 언니에게 메로나를 사다 달라고 부탁하는 문자를 택배 기사에게 잘못 보내 "올 때 메로나."라는 유행어를 탄생시킨 주인공도 어쩌면 비슷한 상황이지 않았을까? 급성 메로나 결핍증 때문에 손이 떨려 문자를 잘못 보냈을지도. (아님 말고⋯.)

1인 가구의 가장이자 유일한 구성원인 나는 먹고 싶은 게 생기면 직접 사러 나가야 한다. 그날도 그랬다. 언제나처럼 난쟁이와의 싸움에서 보기 좋게 패배한 뒤 한밤중에 메로나를 사러 집 근처 아이스크림 할인점으로 향했다. 그날따라 손님이 많았던 건지, 물건이 들어오지 않았던 건지 평소와 다르게 냉동고가 휑했다. 가게 안을 둘러보던 나는 곧 좌절하고 말았다. 메로나가 있는데 없었다. 메로나 망고맛, 메로나 바나나맛, 메로나 코코넛맛⋯. 심지어 메로나 빙수에 메로나 튜브까지 있는데 오리지널 메로나만 보이지 않았다. 어떻게 이런 일이!

나는 최대한 공손하게 내 안의 난쟁이에게 읍소했다. 친애하는 난쟁이님, 아뢰옵기 송구하오나 찾으시는 초록색 메로나가 없습니다. 시간이 너무 늦었는데 오늘만 다른 맛으로 드시면 안 될까요? 평소 같았으면 불호령이 떨어졌겠지만 웬일인지 생각보다 쉽게 협상에 성공했다. 감사의 표시로 메로나 아닌 메로나들을 맛별로 하나씩 바구니에 담았다. 피나콜라다맛은 또 언제 나온 거야…. 그날 밤은 그렇게 지나갔지만 결국 며칠 뒤 다시 뛰쳐나가 오리지널 메로나를 사 먹었다. 난쟁이는 그제야 만족한 듯 배를 두드리며 잠들었다.

메로나만큼 부지런하게 신제품을 출시하는 아이스크림이 또 있을까? 내가 알기로는 없다. 단종된 것까지 모두 합하면 그동안 출시된 메로나는 무려 13종에 달한다. 처음에는 수출용으로만 다양한 제품을 출시했지만 2012년 딸기맛과 바나나맛을 역수입한 이후 국내에서도 꾸준히 새로운 맛을 선보이고 있다. 소비자로서는 즐겁지만 내가 만약 경쟁사 입장이었다면 메로나에 대한 마음이 조금 복잡했을 것 같다. 메로나는 여러모로 '사기캐(비현실적으로 뛰어난 캐릭터)'에 가까우니까.

국내는 물론 해외에서도 유명하다. 아이부터 어

른까지 세대를 가리지 않고 인기가 많다. 성실하고 열정적이다. 이미 정상의 자리에 올라 있으면서도 끊임없이 새로운 시도를 하며 발전해나가는 모습을 보여준다. 써놓고 보니 내가 아는 어떤 사람들이 떠오른다. 메로나처럼 대단한 사람들. 능력과 실력과 노력을 두루 갖춘 사람들. 경력도 재력도 화려한 사람들.

내 마음이 건강할 때는 그들에게서 좋은 영향을 받지만 그렇지 못할 때는 그들과 나를 끊임없이 비교하며 스트레스를 받는다. 내가 가장 구질구질해지는 순간은 그 마음이 자격지심으로 변할 때다. 작아질 대로 작아진 마음이 배배 꼬이기 시작할 때. 그럴 때면 말도 반듯하게 나오지 않는다. 정말 멋있다! 부러워! 닮고 싶어! 이런 마음을 똑바로 표현하지 못하고 자꾸 비꼬게 된다면 조심해야 한다. 그건 내 상태가 아주 별로라는 뜻이니까.

오랫동안 좋아한 유튜버가 있다. 요리와 일상 콘텐츠를 주로 만드는 그는 본업이 따로 있다는 사실을 믿을 수 없을 만큼 열심히 활동한다. 꾸준한 업로드는 물론이고 영상 퀄리티까지 높아서 채널은 무럭무럭 자라 결국 구독자 100만 명을 달성했다. 사람들은 자주 그의 성실함을 칭찬한다. 재미있는 점은 그럴 때마다 꼭 누군가 이런 댓글을 남긴다는 것이다.

　— 구독자 100만이면 나도 이렇게 열심히 함
　— 다 돈 들어오니까 하는 거겠지 ㅋㅋㅋ
　— 프리랜서니까 가능하지… 직장인이면 아무래도 힘들죠….

　그러면 나는 얼굴이 화끈 달아오른다. 그 말들 위로 내 모습이 겹쳐 보이기 때문이다. 저 사람은 실패해도 괜찮을 만큼 여유가 있으니까 계속 도전할 수 있는 거야. 노력한 만큼 결과가 돌아오니까 지치지 않는 거야. 인맥이 넓으니까 좋은 기회를 얻는 거야. 하지만 사실 그들도 알고 나도 안다. 100만 구독자가 있어서 성실한 게 아니라 성실했기 때문에 100만 구독자를 모았다는 것을. 좋은 조건이 갖춰져 있어서 훌륭한 작업을 하는 게 아니라 훌륭한 작업을 했기 때문에 좋은 조건을 갖추게 되었다는 것을. 알면서도 자꾸 잊어버린다. 잊어버리면 마음이 편해지니까. 나를 미워하는 지긋지긋한 일을 잠시 멈출 수 있으니까.

노력도 기회도 공평하지 않다는 걸 나는 잘 안다. 메로나가 꾸준히 신제품을 출시할 수 있는 건 기존 매출이 든든하게 뒤를 받쳐주기 때문이라는 것도. 하지만 그렇다고 해서 앵무새처럼 "그건 메로나니까 가능한 거야!"라는 말만 되풀이하는 사람이 되기는 싫다. 그건 너무 쉬운 선택이지 않나.

메로나의 가장 멋진 점은 실패를 부끄러워하지 않는다는 것이다. 열심히 준비한 신제품이 좋은 반응을 얻지 못해도(특히 코코넛맛을 향해 쏟아지는 악평을 보면 내가 다 속상할 지경이다. 하지만 나도 안 먹는다….) 기죽지 않고 꿋꿋하게 새로운 도전을 한다. 몸집이 크다고 넘어지는 게 아프지 않을 리 없다. 오히려 더 아프고 더 창피할지도 모른다. 그래도 다시 일어나 달리면서, 결코 오리지널을 뛰어넘을 수 없다고 해도 도전 그 자체를 즐기면서. 메로나라는 세계는 그렇게 만들어지고 확장됐을 것이다.

이 글을 쓰다가 잠자는 난쟁이의 콧털을 건드리는 바람에 결국 메로나를 사러 나갔다 왔다. 어느새 뜨거워진 초여름 아스팔트 길을 걸으며 이 계절이 지금의 나를 닮았다는 생각을 했다. 아직 내 열매는 너무 작고 볼품없이 푸르뎅뎅하지만 가을이 올 때까지 계속하다 보면 언젠가는 탐스럽게 잘 익은 열매를 뽐낼 수 있겠지. 오늘은 오리지널 메로나와 망고맛 메로나를 샀다. 망고맛은 내가 오리지널 다음으로 좋아하는 맛이다.

언제나 우리 곁에

바밤바

아빠는 늘 바밤바였다. 언제부터였는지는 정확히 기억할 수 없지만 아주 오래전부터 슈퍼에 가면 아빠 몫의 아이스크림으로 바밤바를 골랐다. 엄마의 취향이 캔디바에서 토마토마로, 토마토마에서 생귤탱귤로, 그리고 다시 요맘때로 다채롭게 변하는 동안 아빠는 바밤바에 대한 의리를 굳건하게 지켰다. 우리 아빠뿐만 아니라 다른 집 아빠들도 바밤바를 좋아한다는 사실을 알게 된 건(아빠에게 아이스크림을 사다 달라고 부탁하면 반드시 바밤바를 먹게 된다는 농담이 있을 만큼 중년 남성들의 바밤바 사랑은 널리 알려져 있다.) 아주 나중의 일이다.

한 사람의 취향이 형성되는 과정에 나는 관심이 많다. 누군가와 친해지고 싶다는 생각이 들면 제일 먼저 그의 취향이 궁금해진다. 어떤 영화를 좋아하고 어떤 음악을 즐겨 듣는지, 신간이 나오기를 기다리는 작가가 있는지, 역 근처 대형 프랜차이즈 카페와 골목 깊숙한 곳의 작은 개인 카페 중 어느 쪽이 더 편한지. 살아온 시대와 지역, 자주 어울리는 사람들, 잊지 못할 추억, 용납할 수 있는 것과 없는 것…. 취향에는 너무나도 많은 정보와 이야기가 담겨 있어

서 때로는 열 마디 말보다 하나의 취향이 그 사람을
더 정확하게 설명해준다.

내 취향의 많은 부분은 아빠에게서 왔다. 나는
여행을 싫어한다. 휴가철에는 집에서 에어컨 바람을
쐬며 맛있는 걸 먹는 게 최고라고 생각하는 아빠처
럼. 혼자 조용히 보내는 시간을 좋아한다. 여러 사람
이 모이는 자리에 가면 급격하게 낯빛이 어두워지는
아빠처럼. 드라마보다 동물 다큐멘터리를 보며 감동
한다. 인간에게는 대체로 무심하지만 어쩌다 몇 번
마주친 동네 고양이의 안부는 두고두고 궁금해하는
아빠처럼.

그리고 아이스크림을 아주 많이, 정말 많이 먹
는다.

역시, 아빠처럼.

초등학교 시절의 여름방학을 떠올리면 아빠와
아이스크림을 사러 가던 길이 생각난다. 김밥이며
유부초밥, 과일 같은 음식들을 바리바리 싸들고 같
은 빌라 이웃들과 북한산 계곡에 가기도 했고, 처음
으로 어른 없이 친구들끼리 롯데월드에 다녀오기도

했던 것 같은데, 어째서인지 그런 장면은 하나도 기억나지 않고 특별할 것 없는 슈퍼의 모습만 선명하게 그려진다.

어제만큼 덥거나 어제보다 더운 날들이 계속되는 한여름이 찾아오면 나는 '그 소식'을 오매불망 기다렸다. 평소 우리집은 동네 슈퍼 두 곳에서 장을 봤다. 과자나 라면 같은 공산품을 살 때는 엎어지면 코 닿을 거리인 '건영슈퍼'에 가고, 채소나 과일을 살 때는 그보다 조금 멀지만 매일 싱싱한 물건이 들어오는 '이전유통'에 가는 식으로. 딱히 가깝지도, 그렇다고 가격이 싸거나 물건이 좋지도 않은 '코사마트'에 가는 일은 거의 없었다. 아주 가끔 근처를 지나가다가 목이 마르면 마지못해 들어가 음료수나 한 캔 사 먹는 곳. 우리 동네 사람들에게 코사마트는 그런 존재였다.

하지만 1년에 한 번, 조용하던 코사마트가 정신 없이 북적이는 날이 있었다. 더위가 절정에 달하는 중복 무렵이면 코사마트에서는 특별한 행사가 열렸다. 바 아이스크림 200원 균일가 세일! 손에 잡히는 대로 골라도 모두 200원인 그야말로 파격 세일이었다. 손님이 워낙 없으니 이럴 때라도 아이스크림을 미끼 삼아 삼계탕용 닭도 팔고, 쌓여 있는 수박도 팔아보자는 전략이었겠지만 까맣게 타들어가는 주인 아저씨의 속마음을 알 리 없는 나는 동네 곳곳에 붙은 코사마트 전단지를 보며 룰루랄라 신이 났다.

보통은 엄마와 장을 보러 갔지만 코사마트 세일만큼은 꼭 아빠와 함께 갔다. 원하는 걸 원하는 만큼 사기 위해. 커다란 비닐봉지 가득 먹고 싶은 아이스크림을 골라 담고 이제 됐다는 신호를 보내면 아빠는 그걸로는 어림도 없다는 듯 새로운 봉지를 가져와 다시 처음부터 채우기 시작했다. 다른 것 없이 아이스크림으로만 든든하게 묵직해진 봉지를 하나씩 나눠 들고 집으로 돌아가는 길이면 세상 무엇도 부러울 게 없었다. 나는 부자가 된 것 같은 기분에 취해 공수표를 날렸다.

"아빠, 나중에 내가 돈 많이 벌면 갖고 싶은 거 다 사줄게."

"진짜?"

"응, 진짜!"

"딸내미, 그럼 있잖아…. 아빠는 엄청 큰 냉장고를 사줬으면 좋겠어."

"냉장고?"

"그리고 그걸 바밤바로 다 채워줘."

"뭐야~ 그럼 다른 건 어디에 넣어!"

별것도 아닌 말에 깔깔거리며 걷다 보면 저기 멀리 우리 집이 보였다. 머리 위로 쏟아지는 한낮의 뜨거운 햇볕과 우리를 닮은 짧고 뭉뚝한 그림자, 귀가 먹먹해질 만큼 우렁찬 매미 소리, 아이스크림이 녹을까 봐 자꾸만 빨라지던 발걸음. 그때도 지금도 여름은 내가 가장 싫어하는 계절이지만 그 풍경만큼은 오직 여름이라서 가능한 것이었다고 인정할 수밖에 없다.

그렇게 사 온 아이스크림을 냉동실 깊숙한 곳에 숨겨놓고 야금야금 꺼내 먹으며 남은 방학을 보냈다. 어떤 날에는 세 개씩, 어떤 날에는 다섯 개씩. 엄마의 잔소리를 피해 딱 하나만 더 먹자는 눈빛을 주고받으며 우리는 조용하고 은밀하게 즐거웠다. 아이스크림을 좋아하는 내 취향은 아마도 그렇게 만들어졌을 것이다.

요즘 나는 바밤바 앞에서 자주 고민에 빠진다. 얼마 전 아빠가 고지혈증 진단을 받았기 때문이다. 병원에서 준 안내문에는 고지혈증에 나쁜 음식의 목록이 빨간 글씨로 강조되어 있었다. 그 목록에 따르면 아이스크림은 라면, 치킨, 곱창, 콜라 등과 함께 '반드시 피해야 할 음식'에 속한다. 하지만 아빠는 의사의 충고를 가볍게 무시하고 여전히 아이스크림을 한 번에 세 개씩 해치운다. 아이스크림은 술, 담배를 하지 않는 아빠가 즐기는 거의 유일한 기호식품이다.

　　우리가 사랑했던 정다운 것들과 현명하게 멀어지는 방법을 이젠 내가 아빠에게 가르쳐줄 차례인 것 같은데. 그 방법이 도대체 무엇인지 나는 알지 못한다. 그건 아빠도 마찬가지였을 것이다. 아빠 역시 때로는 전혀 모르는 것들을 배워야 했겠지. 지금보다 젊고 건강했던 어느 날의 아빠가 나에게 무언가를 알려주기 위해 애쓰던 모습을 떠올려본다. 칠성사이다 페트병으로 물로켓을 만드는 방법, 흔들리는 앞니를 빼는 방법, 경매에 넘어간 전셋집에서 쫓겨나지 않는 방법…. 그때는 아빠니까 당연히 안다고 생각했던 것들이 결코 당연하지 않았음을 이렇게 오랜 시간이 지나고 나서야 깨닫는다.

1976년, 나보다 먼저 세상에 태어난 바밤바는 여전히 많은 사람들의 사랑을 받으며 굳건히 자리를 지키고 있다. 다른 건 몰라도 바밤바가 없는 아이스크림 할인점을 상상하기는 힘들다. 내가 사는 오피스텔 1층 편의점에도, 일주일에 한 번씩 장을 보러 가는 이마트에도, 바밤바는 언제나 있다. 그 옛날 우리의 코사마트가 아직 사라지지 않았다면 거기에도 분명 있을 것이다.

바밤바는 언제나 그곳에 있다. 나는 바밤바를 자주 먹지 않지만, 그럼에도 그 사실이 괜히 든든하게 느껴지는 순간이 있다.

심심한 이야기의 쓸모

깐도리

'학과별 자주 듣는 말'이라는 목록이 있다. 대학생들이 전공을 밝혔을 때 듣게 되는 (주로 지긋지긋한) 말들을 모아놓은 것인데, 보고 있으면 웃기면서도 뜨끔하다. 지금은 기억나지 않는 누군가에게 나도 비슷한 말을 한 적이 있기 때문이겠지. 예를 들면 이런 말들….

심리학과: 오! 그럼 나 심리테스트 해줘.
회화과: (다짜고짜 볼펜을 들이밀며) 초상화 그려줘!
디자인과: 바자회 포스터를 만들어야 하는데….
컴퓨터공학과: 노트북 바꿀 건데 추천 좀.
식품영양학과: 내 다이어트 식단 좀 봐줄래?
중어중문학과: 니취팔러마! 니취팔러마!

그리고 우리 과의 경우에는 이랬다.
"영화 많이 보겠네? 재밌는 영화 추천해줘."

영화를 배웠다고 하면 사람들은 내가 굉장한 시네필인 줄 안다. 넷플릭스와 왓챠를 끼고 살며 존경하는 감독이 열두 명쯤 되고 내 이름보다 세 배는 긴

외국 배우들의 이름을 줄줄 외는…. 물론 그런 동기들이 있기는 했다. 영화가 곧 삶이고 삶이 곧 영화인 친구들이. 그러나 나는 영화를 배우며 영화에 대한 흥미를 잃어버린 쪽에 속한다.

영화를 볼 때 나는 자주 '보는' 게 아니라 '돌보는' 기분을 느낀다. 영화는 어린아이와 비슷해서 제대로 보려면 잠시도 눈을 떼지 않고 오직 그것에만 집중해야 한다. 몹시 산만하고 집중력이 부족한 나는 그런 식의 강제성이 어렵다. 두 시간짜리 영화를 끝까지 보려면 최소 네 시간이 필요하다. 진정한 러닝타임이란 영화를 보다가 벌떡 일어나 빨래를 돌리고, 인스타그램을 들여다보고, 라면을 끓이고, 설거지를 하는 시간까지 모두 합한 것이기 때문이다. 그렇게 겨우 한 편을 다 보고 나면 다시 또 한동안 영화를 보지 않는다.

이런 이유로 영화를 추천해달라는 말을 들으면 곤란해진다. 좁고 얕은 취향을 열심히 뒤적거려봤자 별로 건질 게 없다. 싫어하는 영화(마블식 영웅 서사나 전형적인 한국 누아르를 보면 온몸에 두드러기가 나는 것 같다….)에 대해서라면 얼마든지 떠들 수 있지만.

그럼 도대체 어떤 영화를 좋아하는데? 질문을 바꿔 대답해보자면 나는 고레에다 히로카즈의 〈걸어도 걸어도〉 같은 영화를 좋아한다. (물론 누군가는 고레에다식 가족 영화에서 두드러기가 날 것 같은 기분을 느낄 것이다.) 하지만 이 영화에 대해 말하는 일은 드물다. 〈어벤져스〉를 좋아한다고 하면 그걸로 깔끔하게 끝이지만 〈걸어도 걸어도〉를 좋아한다고 하면 무슨 말이라도 덧붙여야 할 것 같은 이상한 의무감이 들기 때문이다. 음… 그러니까 내가 이 영화를 좋아하는 이유는 말이지…. 아니, 그런데 애초에 분명한 이유를 가지고 뭔가를 좋아하는 게 가능한가? 그건 사랑보다 필요에 가깝지 않나?

굳이 이유를 쥐어짠다면 심심해서이지 않을까. 나는 이 영화가 싱거워서 좋다. 분명한 선악도, 대단한 위기나 사건도 없어서. 등장인물들은 모두 조금씩 찌질하고 나름의 이유로 마음 한쪽이 꼬여 있다. 그런 사람들이 그저 살아간다. 좋은 사람도 나쁜 사람도 아닌 채로. 인간을 바라보는 그 따뜻하면서도 서늘한 시선에 매번 마음을 빼앗기고 만다.

음…. 써놓고 보니 이유가 분명한 것 같아서 머

쓱해진다. 어쩌면 나는 이 영화를 좋아하는 게 아니라 이 영화가 필요한 걸지도 모르겠다.

깐도리에 대해 말하는 일도 비슷하다. 좀비 영화나 뮤지컬 영화처럼 아이스크림의 세계에도 대중보다 마니아들의 사랑을 받는 장르가 존재한다. 가장 대표적인 장르는 팥이다. 팥 아이스크림의 기준, 모두가 인정하는 절대강자 비비빅. 달콤한 연유와 와작와작 씹히는 얼음 알갱이의 조화가 절묘한 빙빙비. 공손히 예의를 갖춰 먹어야 할 것 같은 조상님 아맛나. 우유와 팥의 맛이 진하고 풍부해 아맛나의 고급 버전처럼 느껴지는 앙꼬바. 모두 맛있지만 딱 하나만 골라야 한다면 내 선택은 언제나 깐도리다.

하이디(업소용 3색 아이스크림을 만드는 회사)에서 출시된 깐도리는 메로나보다 약간 짧고 통통한 사각기둥 형태의 아이스바다. 아맛나처럼 조상님까지는 아니지만 역사가 제법 길어 어르신 정도는 된다. 우유 함량이 낮아 굉장히 딱딱한 게 특징인데 그래서인지 아이스크림보다 아이스케키라는 말이 더 잘 어울린다.

나는 깐도리를 정말정말 좋아해서 이 제품에 대한 사랑이 극에 달하는 '깐도리 주간'이 찾아오면 냉동실에 스무 개씩 쟁여놓고 먹는다. 하지만 그렇게 많은 깐도리를 먹고도 여전히 잘 모르겠다. 깐도리의 매력을 어떻게 설명해야 할지.

객관적으로 말하면 깐도리는 니 맛도 내 맛도 아닌 맛에 가깝다. 비비빅처럼 팥의 맛이 진하게 느껴지지도 않고, 빙빙바처럼 달콤한 연유가 들어 있지도 않으며, 아맛나나 앙꼬바처럼 겉과 속이 다른 재미도 없다. 나의 강력한 추천으로 깐도리를 처음 먹어본 친구는 알쏭달쏭한 표정으로 이렇게 말했다.

"맛이 없는 건 아닌데… 비비빅 만들고 남은 재료에 물이랑 설탕 좀 섞어서 얼린 것 같아."

매력이 없는 게 매력. 깐도리의 매력을 한마디로 정리한다면 이렇게 말할 수 있지 않을까. 아무리 생각해도 이보다 정확한 표현이 떠오르지 않는다. 먹고 싶은 아이스크림을 다 골랐는데 괜히 뭔가 아쉬울 때면 바구니에 깐도리를 몇 개 더 담는다. 개성이 뚜렷하지 않아 어디에든 잘 녹아들고 누구와도

두루두루 사이좋게 지내는 사람처럼 깐도리는 어떤 아이스크림과도 찰떡같이 어울린다. 매일 먹어도 질리지 않고 하나 더 먹어도 물리지 않는다. 절대강자 비비빅은 할 수 없는 일이다.

　　내가 하고 싶은 이야기는 그런 이야기다. 심심하고 싱거운 이야기. 대단히 재미있거나 엄청나게 유익한 건 아니지만 그래서 아무 때나 가벼운 마음으로 즐길 수 있는 이야기. 좋아하는 이유를 설명하려면 잠깐 생각에 잠겨야 하는 이야기. 욕심을 조금 부려 깐도리처럼 어르신이 될 때까지 그런 이야기를 할 수 있다면 더없이 기쁠 것이다.

　　〈걸어도 걸어도〉를 볼 때는 집중하기 위해 억지로 노력할 필요가 없다. 화장실에 가고 싶으면 가고, 전화가 걸려오면 받고, 방바닥의 먼지가 거슬리면 청소기를 돌린다. 영화를 계속 틀어놓은 채로. 그러는 사이 몇 개의 장면이 지나가지만 나는 아무것도 놓치지 않는다. 적어도 이 영화를 볼 때만큼은 돌보는 기분이 들지 않는다. 오히려 영화가 나를 돌보고 있는 것 같다.

오늘의 세 번째 깐도리를 꺼내 먹으며 심심한 이야기의 쓸모에 대해 생각한다. 하나 더 먹을 수 있지만 역시 참아야겠지. 하고 싶은 말은 아직 많고, 냉동실에는 깐도리가 잔뜩 쌓여 있다. 일단은 그거면 됐다. 이번 여름은 그걸로 충분하다.

끝나고 같이 아이스크림 먹으러 가요

트위스티 트리트

〈플로리다 프로젝트〉가 처음 개봉했을 때 내 주변에서는 작은 센세이션이 일어났다. 만나는 사람마다 전부 그 영화 이야기를 하고, 랜선 친구들은 인스타그램에 앞다퉈 리뷰를 올렸다. 모두 내가 좋아하는, 나보다 훨씬 뛰어난 문화적 소양과 교양을 갖춘 사람들이었기에 그 대열에 끼고 싶었다. 내가 사는 동네에는 시간이 맞는 상영관이 없어 아쉬워하던 차에 VOD 서비스가 오픈됐다. 기다려 친구들아, 나도 곧 갈게!

하지만 그럴 수 없었다. 세 번이나 시도했지만 나는 끝내 엔딩을 보지 못했다. 엔딩은커녕 많은 관객들이 최고의 장면으로 꼽은 무지개 신까지도 가지 못했다. 자꾸만 무거워지는 눈꺼풀을 억지로 치켜뜨고 한 시간쯤 버티다 종료 버튼을 누르고 나면 모두에게 속았다는 생각이 들었다. 온갖 찬사를 쏟아냈던 친구들에게도, VOD 사이트의 리뷰 댓글창을 호평 일색으로 물들인 사람들에게도. 도대체 다들 뭐가 그렇게 좋았다는 걸까?

이 영화에 대한 나의 솔직한 감상평은 이랬다.

아, 아이스크림 먹고 싶다.

영화의 주인공 무니는 플로리다 디즈니월드 뒷골목 매직캐슬 모텔에 사는 여섯 살짜리 여자아이다. 길 건너 저편에는 어린이를 위한 꿈과 환상의 세계가 펼쳐져 있지만 빈민들이 모여 사는 모텔에는 그 어떤 꿈도 환상도 없다. 무니의 세계에는 다만 이런 것들이 있을 뿐이다. 직업도 남편도 없이 홀로 자신을 키우는 어린 엄마 핼리와 언제나 술에 취해 있는 이웃 어른들, 오줌 냄새 나는 엘리베이터와 고장 난 공용 세탁기, 때마다 한 번씩 나타나 빵을 나눠주는 구호 단체 트럭…. 그리고 또 하나, 친구들.

학교에 다니지 않아 마땅히 갈 곳이 없는 무니는 비슷한 처지의 친구들과 온종일 거리를 쏘다니며 짓궂은 장난을 친다. 그러다 아이스크림이 먹고 싶어지면 큰길을 건너 오렌지월드와 기프트숍을 지나 트위스티 트리트에 간다. 그곳을 찾는 관광객들에게 잔돈을 구걸하는 무니의 모습은 아주 능숙해 보인다. "저기요, 혹시 잔돈 있으세요? 아이스크림을 사려는데 5센트밖에 없어서요. 병원에서 천식이라고 아이스크림 먹으래요." 그렇게 얻어낸 소프트콘 하나를 셋이서 알뜰하게 나눠 먹으며 집으로 돌아오는 길이 무니의 하루 중 가장 달콤한 순간이다.

영화 내내 무니는 아이스크림을 정말 맛있게 먹는다. 단 한 번도 온전히 하나를 차지하지 못하지만 세상 모든 아이스크림을 다 가진 사람처럼 행복하게 먹는다. 누군가 이 영화에 대해 말할 때마다 나는 무니가 천진난만하게 웃으며 손바닥에 묻은 아이스크림을 싹싹 핥아 먹는 장면을 떠올렸다. 그러면 어김없이 아이스크림이 먹고 싶어졌다.

〈플로리다 프로젝트〉를 다시 보게 된 건 최근의 일이다. 이제는 잘 쓰지 않는 오래된 노트북을 당근마켓에 내놓으려고 꺼냈다가 그 안에서 몇 년 전 다운받았던 파일을 발견했다. 맞아, 이런 영화가 있었지. 별생각 없이 재생 버튼을 눌렀다. 그리고 두 시간 뒤, 나는 아주 복잡한 마음으로 이 영화의 엔딩에 대해 생각해야 했다. 밤이 깊어 새벽이 될 때까지.

그 무렵 나는 이사를 준비하고 있었다. 아직 계약 기간이 한참 남은 원룸 보증금에 문제가 생겨 쫓겨나듯 허겁지겁 부동산에 집을 내놓고 새로운 집을 찾아다녔다. 그 과정은 몹시 번거롭고 수고스러웠다. 무엇보다 한 달 뒤 내가 어디에 있을지 알 수 없다는 사실이 나를 자꾸 불안하게 했다. 그러던 와중에 다시 만난 것이다. 세상에서 가장 행복한 얼굴로 아이스크림을 먹는 무니를.

무니와 핼리는 한 달에 한 번씩 모텔에서 쫓겨난다. 장기 투숙은 가능하지만 고정 투숙은 불가능하다는 규칙 때문이다. 그날이 찾아오면 방에 있는 짐을 모두 빼서 원래 묵던 모텔에 맡겨놓고 건너편 아라비안 모텔로 간다. 하지만 이제 그마저도 할 수 없게 되었다. 원래는 매직캐슬 투숙객 할인이 적용돼 35달러에 하루를 지낼 수 있었지만 방침이 바뀌며 45달러로 요금이 올랐다. 핼리에게 45달러는 너무 큰돈이다.

1965년, 디즈니는 대규모 테마파크를 건설하기 위해 플로리다주 올랜도의 땅을 매입하기로 결정했다. 이 계획은 '플로리다 프로젝트'라는 가칭으로 불렸다. 디즈니가 매입한 부지 근처에는 형형색색의 화려한 모텔들이 지어졌다. 디즈니월드가 완공되면 몰려들 관광객을 위한 곳이었다. 하지만 2008년 금

융 위기 이후 이 모텔들은 갈 곳 없는 가난한 사람들의 임시 거처가 되었다. 이곳에 거주하는 사람들은 노숙을 하지는 않지만 실질적으로는 홈리스나 마찬가지다. 이들에게 보조금을 주는 플로리다주의 지원 사업 역시 '플로리다 프로젝트'라고 불렸다.

이 영화를 처음 봤던 몇 년 전까지만 해도 나는 '그런 사람들'이 따로 있는 줄 알았다. 집이 없어 매일 다른 곳에서 잠을 청하는 사람들, 마약에 중독된 사람들, 책임지지 못할 아이를 낳는 사람들, 일하지 않는 사람들, 조금이라도 손해를 볼 것 같으면 고래고래 소리부터 지르는 사람들. 하지만 직접 집을 구해보니 알 것 같았다. 평범한 삶에서 발을 살짝 삐끗하면 누구나 '그런 사람'이 될 수 있다는 사실을. 나의 작고 소중한 보증금 500만 원이 여섯 평짜리 원룸에 묶여 있는 동안 길 건너 아파트의 가격은 천만을 넘어 억 단위로 올랐다. 이런 상황이 계속된다면 나도 언젠가는 매직캐슬 사람들 중 하나가 되지 않을까? 아이스크림을 먹던 천진한 무니의 모습이 그제야 아프게 느껴지기 시작했다. 이해할 수 없으면 공감하지 못하는 나라는 인간의 한계가 지긋지긋했다.

무니 역을 완벽하게 소화한 배우 브루클린 프린스는 제23회 크리틱스 초이스 시상식에서 역대 최연소로 아역상을 수상했다. 감격의 눈물을 펑펑 쏟아내며 그가 전한 수상 소감은 나를 조금 부끄럽게 하고, 동시에 듬뿍 행복하게 했다.

"후보에 오른 모든 분들이 대단한데 (훌쩍) 제가 상을 받게 되어 큰 영광이에요. 끝나고 같이 아이스크림 먹으러 가요. 멋진 기회를 주신 감독님 (훌쩍) 감사합니다. (훌쩍훌쩍) 세상 모든 무니와 핼리에게 이 상을 바치고 싶어요. 이건 정말 심각한 문제예요. 우리는 그들을 도와줘야 해요."

그제야 비로소 영화를 다 본 기분이 들었다. 살면서 들어본 아이스크림을 먹으러 가자는 제안 중 가장 멋지고 유쾌하고 따뜻한 말이었다.

나만 알고 싶었는데!

아이스팜 자두바

오래전부터 좋아했던 가수가 슈퍼스타가 됐다. "○○○ 알아?"라고 물으면 "그게 누군데?"가 아니라 "그게 뭔데?"라는 대답이 돌아오던 시절이 있었는데, 이제는 그렇게 되묻던 사람들이 먼저 말을 꺼낸다. "이번 ○○○ 신곡 대박이더라. 어제 하루 종일 그것만 들었잖아."

성수역 부근의 분위기 좋은 개인 카페가 아니라 우리 동네 놀부부대찌개 건너편에 있는 이디야커피에서(오해 마시길, 저는 이디야커피를 사랑합니다.) 그의 노래가 흘러나오고, 멜론 TOP100 감성을(하지만 이건 차마….) 즐기는 사람들 입에 그의 이름이 오르내리고, 어마어마한 팬클럽을 보유한 아이돌 그룹 멤버가 인터뷰에서 그를 언급하는 일들이 마치 게임 퀘스트를 달성하듯 차례차례 이어졌다. 우리끼리 으쌰으쌰 밀어주던 그는 이제 성공으로 가는 초고속 엘리베이터에 탑승한 것처럼 보였다. 아마도 그때부터였던 것 같다. 오래된 팬들 사이에서 이런 말이 나오기 시작한 것은.

"잘되니까 좋긴 한데 솔직히 기분이 이상하네요. 좀 서운하기도 하고…."

"앞으로 콘서트 가기 힘들어지겠다. 언더에 있을 때가 좋았는데."

개중에는 다소 노골적으로 못마땅한 마음을 드러내는 사람도 있었다. 어떤 사람은 제사상에 샤인 머스캣을 올리는 광경을 목격한 흥선대원군처럼 펄쩍 뛰며 새로 유입된 팬들에게 텃세를 부렸다.

"무명일 땐 앨범 한 장 안 사던 것들이 뜨기 시작하니까 옛날부터 좋아했던 척하는 거 짜증 나 죽겠네, 진짜."

표현의 방식은 달라도 그들이 하고 싶은 말은 결국 하나였다.

"나만 알고 싶었는데!"

무언가를 열렬하게 사랑하다 보면 사람은 둘 중 하나에 가까워지는 것 같다. 수집가가 되거나, 장사꾼이 되거나. 아주 가끔 예외도 있지만 나는 대체로 장사꾼이 되는 편이다. 평소에는 누가 말을 시킬까 봐 요리조리 도망다니기 바쁘지만, 너무너무 좋아하는 게 생기면 아무나 붙잡고 그것에 대해 떠들고 싶은 충동에 사로잡힌다. 그럴 때의 나는 드물게

수다스럽다. 너무너무 좋다는 말로는 부족해서 내가 아는 모든 긍정의 단어를 줄줄이 늘어놓는다. 엄마가 즐겨 보는 홈쇼핑 채널의 호들갑스러운 쇼호스트처럼.

○○○을 좋아하는 사람들이 많아져서 진심으로 기뻤다. 아무리 열심히 떠들어도 매출이 바닥을 기던 새벽 시간 방송에 갑자기 주문 전화가 빗발친다면 이런 느낌일까. 여러 어려움을 겪으면서도 음악을 포기하지 않은 그가 마침내 빛을 보게 된 것도, 트렌드를 주도하는 이 시대의 고귀한 인싸들이 미천한 아싸인 내 취향을 알아주기 시작한 것도 감격스러웠다. (그의 노래를 듣는 내게 "찐따 같다."라고 말했던 친구를 영원히 기억할 것이다….) 하지만 그런 것들은 어디까지나 표면적인 이유일 뿐, 진짜는 아니었다.

매사에 재고 따지고 계산하길 좋아하는 나는 덕질도 그렇게 한다. 이제 인기도 얻고 돈도 벌게 됐으니 ○○○이 갑자기 음악을 그만두는 일은 없겠지? → 어쩌면 조만간 새 앨범이 나올지도 몰라. → 그동안 감질나게 데모로만 들었던 노래들을 드디어 정식 버전으로 듣게 되는 걸까? 내게 떨어질 포슬포슬한

콩고물을 기대하며 기꺼이 쇼호스트가 되는 것. 이것이 바로 장사꾼의 방식이다.

이런 방식으로 무언가를 사랑하는 사람들이 와글와글 모여 있는 곳을 안다. 나는 쪽쪽이를 떼지 못한 아이처럼 하루 종일 스마트폰을 손에 달고 사는데, 그러면서 하는 일의 대부분은 끊임없이 트위터 타임라인을 새로고침하는 것이다. 트위터에는 몹시 흥미로운 문화가 있다. 자신이 올린 트윗이 인기를 얻어 여러 사람에게 전해지면(이를 '알티 탄다'라고 한다.) 댓글로 무언가를 영업하는 것이다.

그 '무언가'란 동네 뒷산에 자라는 잡초의 종류만큼이나 다양하다. 좋아하는 가수나 배우는 물론이고, 드라마나 웹툰 같은 각종 콘텐츠, 눈에 넣어도 아프지 않은 반려동물의 깜찍한 모습, 지우개 가루를 쏙쏙 빨아들이는 탁상용 청소기, 엄마 친구 동생의 딸이 강원도에서 직접 만들어 파는 진짜 매운 태양초고추장…. 가끔은 너무 뜬금없는 아이템이 튀어나와 혼란스럽기도 하지만 바로 그 지점이 트위터의 묘미다.

사실 나는 이미 계획을 세워놓았다. 만약 내 트윗이 알티를 탄다면 무엇을 영업할 것인지. 내 계정은 구독계(남의 글을 보기만 하고 자신의 글은 올리지 않는 계정)나 마찬가지고, 그런 일은 아마도 영원히 일어나지 않겠지만….

그럼에도 반복되는 상상 속에서 나는 매번 아이스팜 자두바를 영업한다. 해태아이스크림의 과일 아이스바 시리즈 '아이스팜'은 2021년 4월부터 현재까지 총 네 가지 맛이 출시됐다. 자두바, 백도바, 모히또바, 천혜향바. 이 중 최고는 고민할 것도 없이 자두바다. 나머지 세 종류도 맛있지만 자두바는 해태의 위대한 업적이라고 소개해도 아깝지 않을 만큼 훌륭하다. 보통 과일맛 아이스크림은 이름만 '맛'일 뿐 막상 먹어보면 인공적인 '향'이 느껴지는 경우가 대부분인데 이 제품에서는 진짜 자두맛이 난다.

새콤과 달콤의 환상적인 조화, 혀끝에서 천천히 녹는 밀도 높은 얼음 알갱이, 진짜보다 더 진짜 같은 깊고 풍부한 자두맛! 아이스팜 자두바에 대한 나의 사랑은 이보다 더 진심일 수 없을 만큼 진심이다. 만약 이걸 먹을 때마다 해태아이스크림 본사 방향으로 큰절을 올려야 한다면 그렇게 할 것이고, 자사 주식을 보유한 사람에게만 판매한다면 울며 겨자 먹기로 주식을 살 것이다. 하지만 내 사랑을 증명하기 위해 굳이 이런 만약에 게임을 할 필요는 없다. 이 아이스크림을 먹는 일은 이미 충분히 어렵기 때문이다.

이렇게 대단한 제품을 만들어놓고 왜 팔지를 못하니! 아이스팜 자두바를 구하러 다닐 때마다 나는 마음속으로 이백 번쯤 소리친다. 백도바와 모히또바, 천혜향바는 어느 아이스크림 할인점에 가도 기본 옵션처럼 얌전히 자리를 지키고 있지만 자두바는 최소 다섯 군데 정도는 돌아야 겨우겨우 발견할 수 있다. 지난번에는 분명 여기서 샀는데 다음에 다시 가면 없기도 하고, 당연히 없을 거라고 생각했던 곳에서 깜짝 이벤트처럼 나타나기도 한다.

어느 날에는 거의 열 군데를 돌았는데도 포장지조차 구경하지 못해 온라인 구매를 하려고 했다. 아무리 그래도 40개는 너무 많은가? 온라인은 왜 박스 단위로만 파는 거지? 비좁은 냉동실을 떠올리며 선

뜻 구매 버튼을 누르지 못하고 망설이다가 나 같은 사람들이 또 있다는 걸 알게 됐다. 아무도 관심 없는 줄 알았던 아이스팜 자두바는 아는 사람만 아는 맛집 같은 존재였다.

재미있는 사실은 모두가 그 맛집을 알리기 위해 나름대로 애쓰고 있다는 것이었다. 누군가는 블로그에서, 누군가는 자신이 거주하는 아파트 입주민 커뮤니티에서, 누군가는 맘카페에서, 이 아이스크림이 얼마나 맛있는지, 어디에 가면 살 수 있는지 다정하고 친절하게 공유하고 있었다. 어떤 사람은 "제발 딱한 번만 먹어보세요, 제발요!"라며 거의 읍소하듯 말했는데 그 모습이 몹시 짠하면서도 귀여웠다. 해태아이스크림 사장에게도 이만큼의 호소력은 없을 것이다.

인지도가 곧 돈이 되고, 나대고 설치는 게 겸손보다 미덕인 시대. 영업에도 홍보에도 관심 없는 아이스팜 자두바는 과연 언제까지 살아남을 수 있을까? 내년 여름에도 우리는 이 아이스크림을 먹을 수 있을까? 미래는 아무도 장담할 수 없지만 이것만은 확실히 알 것 같다. 나만 알고 싶은 마음으로는 아무것도 지키지 못한다는 것.

○○○과 다르게 나는 몇 권의 책을 내고도 유명해지지 못했다. 물론 돈도 벌지 못했다. 하지만 여전히 살아남아 이 책을 쓰고 있다. 아끼지 않고 나를 말해준 사람들 덕분에. 그래서 나도 좋아하는 게 생기면 기쁜 마음으로 여기저기 알린다.

1집 가수가 2집을 낼 수 있도록, 첫 소설만 쓰고 사라질 뻔했던 소설가가 다음 이야기를 가지고 돌아올 수 있도록, 내년 여름에는 아이스팜 시리즈의 새로운 맛이 출시될 수 있도록. 메로나 같은 슈퍼스타는 되지 못하더라도 그저 계속 존재해주기를 바라는 마음을 담아 오늘의 영업을 한다.

아직 알티는 타지 못했으니 여기에 말해볼게요.

아이스팜 자두바, 제발 딱 한 번만 먹어보세요!

우울한 밤에는 마트 전단지를 펼치고
투게더

책에 관한 명언 중 내가 가장 좋아하는 말은 이것이다.

"우울한 밤에는 책과 술을 멀리하는 것이 좋다."

이 문장은 영국의 저명한 심리학자 에드워드 제임스의 저서 『밤의 마음을 위한 심리학』에서 발췌한… 것은 당연히 아니고, 그냥 한국의 무명작가이자 아이스크림 덕후인 내가 한 말이다.

책은 대체로 옳다. 인생의 20퍼센트를 버스와 지하철에서 보낸다는 가여운 경기도민인 나에게 책은 왕복 세 시간 출퇴근길을 버티게 해주는 고맙고 기특한 친구다. 인간관계가 어려울 때는 소설을 읽으며 다양한 입장이 되어보는 연습을 하고, 아무도 만나고 싶지 않지만 혼자 있기 싫은 날에는 에세이를 통해 타인의 세계에 방문한다. 하지만 우울한 밤에 책을 읽는 것은 어리석고 위험한 짓이다. 그럴 때의 독서는 더 깊은 우울로 향하는 지름길이나 다름없기 때문이다.

우울한 밤에 책을 펼치면 더 우울해질 확률이 높다. 책은 생각을 불러오고, 생각은 우울을 불러온다. 아주 재미있고 흥미진진한 소설이라고 해도 마찬가지다. 다음에 이어질 이야기가 궁금해 시간 가는 줄 모르고 책을 붙들고 있다 보면 어느새 새벽이 된다. 새벽은 우울에 치명적이다.

텔레비전을 보는 것도 그다지 현명한 선택은 아니다. 드라마를 보면 현실의 여러 문제들이 불쑥불쑥 떠오르고, 예능 프로그램을 보면 잠깐 따라 웃다가 어느 순간 문득 허탈해진다. 이도 저도 싫어서 뉴스로 채널을 돌리면 내 걱정에 나라 걱정, 주가와 유가 걱정, 기후 위기와 세계 평화에 대한 걱정까지 더해져 한층 다채롭게 심란해진다.

그렇다면 과연 우울한 밤에는 무엇을 하는 게 좋을까? 정답은 최대한 빨리 자는 것이다. 하지만 그게 쉬웠다면 이렇게 많은 사람들이 불면증에 시달리지 않았겠지. 한참을 뒤척여도 잠이 오지 않는다면 어쩔 수 없이 다른 방법을 찾아야 한다.

우울한 밤에 할 수 있는 가장 건전하고 생산적인 활동은 마트 전단을 보는 것이다. 마트 전단은 지나간 날을 돌아보지 않게 만든다는 점에서 미래지향적이다. 어제의 세일 정보가 궁금해서 전단지를 펼치는 사람은 없다. 커다란 종이 가득 빼곡하게 적혀 있는 할인 품목과 날짜별 특가 상품을 확인하는 동안 나는 오늘과 내일, 길어도 보름을 넘지 않는 가까운 미래에만 집중한다. 곧 내게 다가올 날들, 다가와 새로운 오늘이 될 날들.

전단지를 꼼꼼히 들여다보며 머릿속으로 계획을 세운다. 음…. 이번 주에는 샴푸가 원 플러스 원이네. 떨어지기 전에 미리 사둘까. 금요일에는 애호박이 싸군. 마침 두부도 있는데 잘됐다. 990원짜리 애호박을 사다가 된장찌개를 끓여 먹고 싶은 마음은 거창하게 말하면 삶에 대한 의지다. 이런 마음을 공짜로 얻을 수 있다니! 애호박 사진에 크게 동그라미를 치고 한결 나아진 기분으로 눈을 감는다.

전단지는 역시 종이로 봐야 제맛이지만 미처 챙기지 못했어도 괜찮다. 요즘은 대형 마트뿐만 아니라 동네 마트들도 자사 앱을 통해 모바일 전단을 발행하니까.

그날은 무엇 때문에 우울했더라? 대부분의 고민이 그렇듯 우울도 시간이 지나면 그 감정만 희미하게 남을 뿐 구체적인 맥락은 지워진다. 다만 기억나는 건 몹시 덥고 습한 여름밤이었다는 것, 그리고 그날 내가 조금 울었다는 것이다. 나는 눈물이 없는 편이라서 웬만한 일로는 잘 울지 않는다. 어떤 사람들은 한바탕 울고 나면 속이 후련해진다는데 어째서인지 나는 울수록 기분이 가라앉는다.

그래도 그날은 울었다. 이왕 눈물을 흘린 김에 실컷 울어볼 작정이었는데 막상 울기 시작하니 콧물만 나오고 얼마 못 가 지루해졌다. 민망한 마음에 괜히 혼자 크흐흠 헛기침을 하다가 이불 속에 소라게처럼 몸을 숨기고 자주 가는 식자재마트 앱을 실행시켰다. 그리고 발견한 것이다. 그 엄청난 소식을.

☆주말 단독 초특가☆
빙그레 투게더 50% 세일!
(선착순)

나는 믿을 수 없는 광경을 목격한 사람이 되어 일시정지 상태로 눈만 깜빡거렸다. 투게더, 50%, 초특가. 내가 알기로 살면서 이 단어들의 조합을 마주할 확률은 아이슬란드에서 오로라를 볼 확률보다 낮았다.

투게더는 비싸다. 가격보다도 태도가 그렇다. 일반적으로 통에 들어 있는 대용량 아이스크림은 정가가 높은 대신 할인 폭이 크다. 그러나 이건 어디까지나 투게더가 아닌 아이스크림들의 이야기다. 인심 좋은 위즐과 마루 시리즈가 30퍼센트 할인을 해도, 후발주자 프라임이 통 크게 50퍼센트 할인에 경품 행사(무려 자동차를 세 대나 줬다!)까지 열어도, 프리미엄 아이스크림 끌레도르가 자존심을 버리고 원 플러스 원 행사를 해도, 우리의 투게더는 꿋꿋하게 정가 6,500원을 고수한다. 그 지조와 절개가 마치 꼬장꼬장한 선비 같다.

말은 이렇게 해도 막상 투게더를 먹을 때면 나도 모르게 고개를 끄덕이고 만다. 부드럽고 달콤한 투게더가 입안에서 사르르 녹는 순간, 전부 납득이 되는 것이다. 그래, 이 맛이야! 내가 먹고 싶었던 건 바로 이거야! 투게더에 대한 갈증은 오직 투게더로만 해소할 수 있다. 가격이 싸다는 이유로 다른 걸 선택해봤자 어차피 다시 투게더를 사 먹게 된다.

그런 투게더가 무려 반값 세일이라니. 무슨 일이 있어도 이건 사야만 했다. 하지만 빨간색으로 강조된 글씨 아래 아주 조그맣게 쓰여 있는 선착순이라는 말이 걸렸다. 선착순이라면 몇 명까지 살 수 있는 걸까? 마트 오픈 시간은 8시, 집에서 마트까지는 걸어서 20분. 그래도 세수는 해야 하니까 10분을 더하면… 좋아, 7시 30분에 일어나는 거야. 알람을 맞추고 설레는 마음으로 침대에 누웠다. 우울한 기분은 이미 사라진 지 오래였다. 내 머릿속에는 오직 하나, 투게더 생각밖에 없었다.

눈을 뜨니 10시였다.

그렇게 기대했는데 알람이 울린 줄도 몰랐다. 망했어, 다 망했어! 세일하는 투게더 하나 사지 못하는 내가 한심해 머리를 쥐어박고 싶었다. 미련을 버리지 못하고 마트에 전화를 걸어봤지만 연결이 되지 않았다. "지금은 전화를 받을 수 없어…" 세 번째 반복되는 안내 멘트를 듣다가 벌떡 일어나 옷을 갈아입었다. 세수까지 할 여유는 없었다.

마트에 도착하자마자 아이스크림 코너로 달려

갔다. 역시나 투게더는 보이지 않았다. 더워 죽겠는데 아침부터 괜히 힘만 뺐네. 망연자실한 표정으로 냉동고 속 아이스크림을 들여다보고 있는데 옆에서 물건을 정리하던 직원이 나를 힐끔 쳐다보더니 말을 걸었다.

"혹시 투게더 찾으세요? 행사 상품은 저쪽에 있어요."

그의 손끝이 가리키는 쪽으로 가보니 거기에 정말 투게더가 있었다. 딱 세 개 남은 금색 통에서 반짝반짝 빛이 났다. 1인 2개 한정이라는 안내문을 보고 얼른 두 통을 집어들었다. 오이가 가득 담긴 비닐봉지를 품에 안고 지나가던 할머니가 마지막 한 통을 가져갔다.

계산대로 가는 길, 내가 좋아하는 아오리 사과를 열두 개 10,000원에 팔고 있어서 잠시 고민하다가 바구니에 함께 담았다. 투게더 두 통과 사과 열두 개를 들고 한여름 땡볕 아래를 걸으니 금세 헉헉 숨이 찼다. 그렇게 20분을 걸어 집에 도착하니 온몸이 땀에 젖어 있었다.

어렵게 쟁취한 투게더를 냉동실에 소중히 넣어 놓고 차가운 물로 샤워를 했다. 출처를 알 수 없는 힘이 솟아나서 내친김에 화장실 청소도 했다. 사과 열두 개를 깨끗하게 씻어 하나씩 꺼내 먹기 좋게 정리하고, 청소기를 돌리고, 다 마른 빨래를 걷어 차곡차곡 갰다. 밀린 집안일을 끝내고 나니 어느새 점심때를 훌쩍 넘긴 시간이었다.

배는 고픈데 밥을 차리기는 귀찮아서 금색 뚜껑을 열었다. 혀끝에 닿는 스테인리스 숟가락의 차가운 감촉과 천사의 귓속말처럼 달콤하고 보드라운 바닐라 아이스크림. 그걸 한입씩 떠먹을 때마다 허전했던 마음속 어딘가가 가득 채워지는 것 같았다. 문득 이 상황이 웃기다는 생각이 들었다. 내가 상상했던 삼십대의 주말은 이런 모습이 아니었는데. 커피머신으로 갓 내린 진한 에스프레소와 바게트 샌드위치, 싱싱한 토마토 하나. 서른이 넘으면 우아하고 여유롭게 그런 것들을 즐길 줄 알았는데. 내 앞에는 여전히 아이스크림이 있고, 나는 동생과 나눠 먹던 투게더 한 통을 온전히 혼자 차지할 수 있을 만큼만 겨우 자랐다.

그런데 뭐, 그게 어때서. 그날의 투게더는 완벽하게 맛있었다. 내일도 모레도 힘을 내서 계속 살아 있고 싶을 만큼. 고작 아이스크림 하나에 이런 마음을 느끼는 내가 그 순간에는 아무런 부끄러움도 없이 좋았다. 커피도 샌드위치도 없는 일요일이었지만 나에게는 아직 뜯지 않은 투게더가 한 통 더 있었다. 그게 어떤 밤에 어떤 위로가 되었는지는 이제 기억나지 않는다.

아직 아무것도 끝나지 않았어

빵빠레

끼리끼리 어울린다는 말을 별로 좋아하지 않는다. 하지만 살다 보면 어쩔 수 없이 그 말에 고개를 끄덕이게 되는 순간이 찾아온다. 얼마 전에도 그랬다. 새로 알게 된 사람들과 커피를 마시다가 운전 습관에 대한 이야기가 나왔다. 운전을 하지 않는 내가 조용히 듣고만 있자 다정하고 사려 깊은 누군가가 물었다. "자기는 어때?" 나는 잠시 머뭇거리다 대답했다.

"저는 아직… 면허가 없어요."

순간, 모두의 시선이 나에게 집중되는 게 느껴졌다. "정말? 계속 떨어진 거야?" "에이, 설마. 요즘 면허 못 따는 사람이 어디 있어." "그럼 무슨 사정이 있어서 안 따는 거야?" 9와 4분의 3번 승강장이라도 발견한 것처럼 신기해하는 사람들을 보며 내가 더 놀랐다. 서른둘이 될 때까지 운전면허를 따지 않은 게 이렇게까지 놀랄 일이란 말이야?

내 주변에는 운전을 하지 않는 사람이 꽤 있다. 주변 사람에서 친한 사람으로 범위를 좁히면 면허조차 없는 사람이 더 많다. 직업도, 나이도, 성격도 제각각이지만 우리가 운전을 하지 않는 이유는 비슷하다. ① 차를 몰다가 죽거나 누군가를 죽이게 될까 봐. ② 아직까지 딱히 필요성을 느끼지 못해서. ③ 지금 면허를 딴다고 해도 어차피 나중에 다시 연수를 받아야 하니까. 무엇이 제일 앞에 놓이는지만 다를 뿐(내 경우는 ①-③-② 순이다.) 대부분 이 세 가지 이유를 벗어나지 않는다. 그러면서도 입으로는 당장 운전학원에 등록할 것처럼 나불거리는 것까지 똑같다. 어쩌면 이렇게 끼리끼리 모였을까….

하지만 이번에는 진짜다. 오랜 시간 당당하고 꿋꿋하게 무면허로 살아왔지만 요즘은 운전 배우는 걸 진지하게 고민하고 있다. 이제껏 없던 용기가 갑자기 생긴 것도 아니고, 면허만 따면 곧바로 차를 살 수 있을 만큼 돈을 번 것도 아니다. 그런 게 아니라 노래가 하고 싶어서.

노래가, 너무, 하고 싶어서.

많은 사람들이 차에서 노래를 부른다는 사실은 익히 들어 알고 있었다. 1인 4역을 소화하(지 못하)며 에스파의 〈넥스트 레벨〉을 열창하는 소리가 고스란히 녹음된(여러 의미로 대단했다…!) 블랙박스 영상을 본 적도 있고, 차량용 마이크와 노래방 기계를 설치해 본격적으로 카래방(자동차+노래방)을 만든 사람의 이야기를 들은 적도 있다. 그때까지만 해도 그냥 '허허, 참 재밌게들 사시는구먼!' 생각하는 정도였다. 정말 그뿐이었는데…. 어느 무료한 오후, 멍하니 텔레비전 채널을 돌리다가 두고두고 잊지 못할 장면을 보고 말았다.

　어? 저 사람 어디서 많이 봤는데. 리모컨을 누르던 손을 멈추게 만든 프로그램은 〈나 혼자 산다〉였다. 자세히 보니 그는 엄마가 한동안 열심히 봤던 일일드라마에 출연한 배우였다. 한없이 차분한 성격일 것 같았는데 에너지 넘치는 파워 인싸였구나. 와구와구 바비큐를 먹는 장면도, 거침없이 스케이트보드를 타는 장면도 좋았지만 내 시선을 사로잡은 건 운전을 하며 목청껏 노래를 부르는 장면이었다.

　그 흔한 블루투스 마이크 하나 없이 누구보다 열정적으로 카래방을 즐기는 그의 모습에 나는 점점 빠져들었다. 운전대는 빙글빙글 돌아가는 싸이키 조명 같았고, 시시각각 달라지는 창밖 풍경은 노래방 배경 영상 같았다. 그 모습이 어찌나 부러웠는지 그날 이후 생전 관심 없던 자동차가 눈에 들어오기 시작했다. 셀토스가 좋을까, 티볼리가 좋을까? 그래도 역시 돈을 많이 벌어서 싼타페나 쏘렌토를 사고 싶어…. 어떤 날에는 이런 생각을 하며 잠들었다가 중고차 딜러를 만나는 꿈까지 꿨다.

이제는 전생처럼 아득한 코로나 이전에는 틈만 나면 노래방에 갔다. 콩나물을 사러 슈퍼에 가다가도, 은행에 다녀오다가도, 퇴근길에도, 산책길에도. 문득 노래가 부르고 싶어지면 주저 없이 노래방에 들어갔다. 내 노래방 라이프의 황금기, 거리마다 우후죽순 코인노래방이 생겨나던 시절이라서 가능한 일이었다.

시간을 조금 더 거슬러 올라가면 새벽 첫차를 타고 일산에서 홍대까지 달려갔던 내가 떠오른다. 그 시절의 홍대에는 '1인 노래방'이라는 게 있었다. 지금의 코인노래방과 비슷한 시스템인데 요금을 곡 단위가 아니라 시간 단위로 계산하고 여러 장비를 갖춰 녹음실처럼 꾸며놓은 곳이었다. 오후에는 일반 노래방과 별 차이가 없을 만큼 비쌌지만 손님이 없는 새벽 6시부터 정오까지는 2,000원만 내면 한 시간을 이용할 수 있었다. 나는 늘 그 시간을 노렸다.

　새벽 5시쯤 버스를 타면 6시가 조금 지나 홍대에 도착했다. 편의점에 들러 커다란 초코우유를 두 팩 산 뒤 노래방으로 갔다. "12시까지 부를게요." 카운터에서 헤드셋을 받아 방에 입장하면 그때부터 꼼짝없이 거기 앉아 노래를 불렀다. 뭔가를 씹는 시간조차 아까워서 초코우유로 허기를 달래가며. 너무 슬픈 날에도, 너무 화가 나는 날에도, 노래방에 갈 수 있다면 일단은 그걸로 괜찮았다. 단언컨대, 그 시간이 없었다면 무사히 지금의 내가 되지 못했을 것이다.

　정오는 언제나 놀랍도록 빠르게 찾아왔다. 컴컴한 노래방에서 나오면 거리에는 한낮의 햇빛이 찬란하게 쏟아지고 있었다. 산뜻한 얼굴로 경쾌하게 걸어가는 사람들 틈에서 좀비 같은 몰골로 비척대며 향하는 다음 코스는 다시 편의점이었다. 목표물은 언제나 빵빠레, 없으면 다른 걸 고르기도 했지만 열에 아홉은 그걸 먹었다.

　구름처럼 몽실몽실한 아이스크림이 목을 타고

넘어가는 걸 느끼며 천천히 버스 정류장을 향해 걸었다. 한입 한입 먹을 때마다 에너지 게이지가 급속 충전돼 발걸음이 가벼워졌다. 그 순간의 기쁨이 너무 소중해서 빵빠레는 꼭 노래방에 가는 날에만 먹었다. 목욕탕의 바나나우유처럼 언제까지나 특별한 아이스크림으로 남겨놓고 싶었다.

코로나 시대를 통과하며 내가 가장 힘들었던 건 마스크 착용도, 사람을 만나지 못하는 것도 아니었다. 노래방에 갈 수 없다는 것. 언제나 그게 제일 아쉬웠다. 하지만 이런 이야기를 입 밖으로 꺼낸 적은 없다. 사람이 죽고, 가게는 문을 닫고, 아이들이 집 안에만 갇혀 있는데 고작 노래방에 가지 못하는 게 힘들다고 말하면 안 될 것 같아서. 어떤 날에는 이불을 뒤집어쓰고, 또 어떤 날에는 빌트인 옷장에 몸을 구기고 들어가 앉아 노래를 불렀다. 물론 그 어디에서도 한 곡을 다 부르지는 못했다.

나는 시든 풀처럼 조금씩 무기력해졌다. 달리 스트레스를 풀 방법이 없어 속이 쓰리도록 매운 떡볶이를 먹고 잤다. 그러는 동안에도 부르고 싶은 노래가 생기면 핸드폰 메모장에 차곡차곡 적어놓았다. 그 목록은 90번대를 지나 이제 100번대를 넘어가고 있다. 빵빠레는 고집스럽게 먹지 않았다. 코로나 이후로 단 한 번도.

다른 사람들은 모두 밝고 환한 곳에 있는데 나에게만 어둠이 내리는 것 같았던 그 시절에 그래도 괜찮다고, 아직 아무것도 끝나지 않았다고 내게 빵빠레를 울려주었던 맛. 달콤하고 차가운 위로의 맛. 그 맛을 다시 느낄 수 있는 날을 손꼽아 기다리고 있다. 사회적 거리두기가 전면 해제되고 썰렁했던 노래방도 조금씩 활기를 되찾고 있으니 이제 나만 용기를 내면 되겠지. 첫 곡으로 어떤 노래를 부르면 좋을까? 메모장을 열고 고민해본다.

사전을 찾아보니 빵빠레의 규범 표기는 '팡파르'라고 한다. 상관없다. 빵빠레는 영원히 빵빠레다. 적어도 나에게는 그렇다.

보이지 않는 반쪽
더위사냥

"너도 해봤지?"

"뭘?"

"키스."

"…아니, 안 해봤는데."

내가 기억하기로 D와 나눈 첫 대화는 대충 이런 내용이었다. 아닌가, 그전에도 우리가 어떤 말을 주고받은 적이 있었나. 있었다고 해도 별로 중요한 말은 아니었을 것이다. 이렇게 전혀 기억이 나지 않는 걸 보면.

나는 몹시 당황했다. 난데없는 키스 이야기보다도 D가 내 이름을 불렀다는 사실에 더 크게 놀랐던 것 같다. 얘가 어떻게 내 이름을 알지? D에게 나는 이름을 가진 등장인물이 아니라 엑스트라 중의 엑스트라, 말하자면 '학생 12' 같은 존재인 줄 알았는데…. 이게 무슨 상황인지 파악하느라 잠시 뜸을 들인 건데 D는 그 짧은 침묵을 다르게 해석했는지 내 어깨를 툭툭 치며 말했다.

"알겠어, 믿어줄게."

열여섯의 D는 그런 애였다. 자기만 빼고 세상

모두가 키스를 해봤을 거라고 생각하는 아이. 로맨스 없는 삶에는 기쁨도 행복도 없다고 굳게 믿는 아이. 친구라는 단어를 몇 번이나 썼다 결국 지운 이유는 아무리 기준을 낮게 잡는다 해도 우리가 친구였다고 말할 수 없기 때문이다. 어른들은 학년이 같고 반이 같으면 다 친구라고 했지만 사실 그들도 알고 있었을 것이다. 그게 그렇게 간단한 문제가 아니라는 것을.

중학생에게 친구란 정치이자 계급이자 신분이다. 좋게 말하면 잘나가는 애, 나쁘게 말하면 노는 애인 D와 좋게 말하면 모범생, 나쁘게 말하면 찌질이인 나. 우리 사이에는 보이지 않지만 결코 넘을 수 없는, 투명하고 견고한 벽이 있었다.

D는 자주 말했다. 고등학생이 되면 아주 근사한 연애를 할 거라고. 남자친구와 함께 롯데월드에 가서 커플 머리띠를 쓰고 돌아다닐 거라고. 선언인지 다짐인지 모를 그 말을 들을 때마다 D의 친구들은 깔깔대며 웃었다. 하나같이 짙은 화장을 하고 쉬는 시간마다 거울 앞에 모여 남자 이야기를 하는 아이들이었다. 그 애들을 향한 내 마음은 복잡했다. 한심

하고 짜증 나고 지겨우면서도 한편으로는 무서웠다. D의 세계에는 연애보다 중요한 것도, 연애만큼 중요한 것도 없어 보였다. 어떤 날에는 그 단순함이 부럽기도 했다.

　우리는 가끔 버스 정류장에서 만났다. 정확히 말하면 만난 게 아니라 마주쳤다. D와 나는 같은 학원에 다녔는데 그곳은 종합반 아이들 대상으로만 셔틀버스를 운행했다. 영어 단과반에 다니는 D와 수학 단과반에 다니는 나는 학교 앞에서 마을버스를 타고 학원으로 갔다. 정류장에서 그 애를 마주칠 때마다 인사를 해야 할지 말아야 할지 망설였다. 이러기도 저러기도 민망해서 평소에는 잘 하지도 않는 핸드폰 게임에 괜히 열을 올리곤 했다.
　결국 먼저 알은척을 한 건 D였다. 정류장에 아무도 없어서 마음 놓고 멍하니 서 있었는데 인기척이 느껴져 뒤를 돌아본 순간 골목 안쪽 편의점에서 나오는 D와 눈이 딱 마주치고 말았다. 안녕. 안녕? 안녕! 안녕~ 이럴 때는 안녕을 어떻게 말해야 할까. 하지만 D의 입에서 나온 말은 그게 아니었다.

"먹을래?"

더위사냥이었다. D는 내가 뭐라고 대답하기도 전에 그걸 반으로 뚝 잘라 한쪽을 내밀었다. "아, 고마워." 그러고 나서는 무슨 말을 했더라. 버스가 올 때까지 잠깐 이야기를 나눴던 것 같은데 무슨 말을 했는지는 기억이 나지 않는다.

그 뒤로도 몇 번 더 D가 나눠준 더위사냥을 먹었다. 화장품 냄새나 담배 냄새가 날 것 같았는데 의외로 D가 늘 걸치고 다니는 후드 집업에서는 은은한 섬유유연제 냄새가 났다. 더위사냥 반쪽을 다 먹어도 버스가 오지 않는 날에는 누구든 자기 이야기를 조금 더 해야 했다. 대부분은 D였고, 아주 가끔은 나였다.

반쪽짜리 더위사냥을 먹으며 나는 들었다. D의 세계를 구성하고 있는 다양한 것들에 대한 이야기를. 그러면서 조금씩 그 애를 알게 되었다. 키스 말고 연애 말고 D가 하고 싶은 일이 무엇인지, 다른 과목은 거의 포기했으면서 영어 공부만큼은 열심히 하는 이유가 뭔지. 가까이서 바라본 D는 내가 생각했던 것보다 훨씬 복잡하고 구체적인 애였다. 드문드문 이어지는 그 이야기를 듣다가 문득 깨달았다. 나야말로 D를 '학생 12' 정도로 생각하고 있었다는 사실을.

그렇다고 해서 우리가 친구가 된 건 아니었다. 버스에서는 이런저런 이야기를 하다가도 학원에 도착하면 언제 그랬냐는 듯 자연스럽게 각자의 반으로 흩어졌다. 수업이 끝나면 D는 종종 매점에서 혼자 컵라면을 먹었다. 나는 더위사냥에 대한 보답으로 음료수라도 사주고 싶었지만 괜히 친한 척을 하는 것처럼 보일까 봐 조용히 지나쳤다.

훗날 고등학생이 된 D가 그토록 꿈꾸던 첫키스를 했는지는 끝내 알 수 없었다. 우리는 다른 학교에 배정됐고, 졸업 이후 D에 대한 이야기를 들은 적은 한 번도 없었다. 그게 딱히 아쉽거나 섭섭하지는 않았다. 몇 번 아이스크림을 나눠 먹고 몇 번 버스를 함께 탔을 뿐 우리 사이에 그 이상의 무언가가 있었던 건 아니니까.

다만 가끔 떠올렸다. D가 내게 했던 어떤 말을. 그 말을 듣는 순간 한없이 부끄러워졌던 내 마음을.

무슨 이야기를 하다가 D는 평소답지 않게 진지한 얼굴로 말했다.

"나도 내 인생을 소중하게 생각해."

그 말에 숨겨진 많은 괄호를 그때는 미처 다 읽지 못했다. 나도 (너처럼) 내 인생을 소중하게 생각해. 나도 내 인생을 (너한테는 한심해 보일지 몰라도) 소중하게 생각해. 나도 내 인생을 소중하게 생각해. (이렇게 당연한 걸 말해줘야 아는 너도 참….) 보이는 건 언제나 반이다. 납작해 보였던 D의 뒷면에는 내가 모르는 여러 모습이 있었다.

그래서 나는 이제 누군가의 뒷면을 상상할 줄 아는 사람이 되었나? 그런 거짓말은 차마 할 수 없다. 여전히 나는 쉬운 선택을 한다. 보이는 것만 보고 들리는 것만 들으면서. 하지만 아주 가끔 미워도 밉지 않고 싫어도 싫지 않은 사람을 만나면, 그 사람의 뒷면에 내가 좋아하는 어떤 모습이 있을지도 모른다고 생각하게 된다. 그 생각이 틀릴 때도 물론 있지만.

얼마 전에는 아주 오랜만에 더위사냥을 먹었다. 버스를 기다리면서 먹었던 그 반쪽은 정말 달콤하고 시원했는데, 내가 변했는지 더위사냥이 변했는지 예전처럼 맛있지 않았다. 이유는 잘 모르겠지만 가끔 네 생각을 한다고, 이렇게 말하면 D는 내 어깨를 툭툭 치며 대답할 것 같다.

"알겠어, 믿어줄게."

추억 필터 없이도 아름다운

엑설런트

어느 날 인스타그램에 들어가 보니 이런 알림이 나를 반겼다.

eseulssi님이 댓글에서 회원님을 언급했습니다: @2your_moon 기회다

뭐지? 무슨 기회라는 거지? 나를 능가하는 인스타그램 헤비 유저, 자랑스러운 친구 eseulssi가 오늘은 또 어떤 흥미로운 소식을 전해줄까 기대하며 게시물을 클릭했다. 그리고 잠시 후, 내 심장은 빠르게 뛰기 시작했다. 그건 정말 기회였다. 다른 누구도 아닌 오직 나를 위한 기회. 손을 뻗어 잡기만 하면 되는 절호의 기회가 내게도 드디어 찾아온 것이다.

그들은 뚝딱이를 모집한다고 했다. 뚝딱이란 무엇인가. 통나무나 로봇처럼 온몸이 딱딱하게 경직된 사람. 타고난 뻣뻣함으로 그 어떤 춤도 단숨에 시니어 건강 체조로 바꿔버리는 기적의 몸치. 그런 사람들을 한데 모아 지금 가장 핫한 댄서들에게 춤을 배우는 리얼리티 프로그램을 제작한다니! 이것이야말로 세상에 내 이름을 알릴 가장 쉽고 빠른 방법이지

않을까?

나는 확신했다. 일단 지원하기만 하면 무조건 뽑힐 거라고. 진지하게 춤을 추는 나를 보고 사람들은 뒤집어지겠지. 웃겨서 혹은 놀라서. 어쩌면 유튜브 인기 급상승 동영상에 올라갈지도 몰라. 내가 아주 조금만 외향적인 사람이었다면 방송에 나가서 벌써 유명해졌을 텐데…. 하지만 그런 일은 일어나지 않았다. 방송이 공개된 날 나는 속으로 코웃음을 쳤다. 적어도 내가 보기에 그 방송에 진짜 뚝딱이는 아무도 없었다. 뒤늦게 알게 된 사실이지만 그들이 찾는 뚝딱이는 그냥 뚝딱이가 아니었다. '끼와 흥이 넘치고 춤을 사랑하는' 뚝딱이였다. 그랬구나, 어차피 안 되는 거였구나. 나는… 춤이 싫다.

여덟 살부터 열세 살까지 내가 다녔던 학교의 이름은 율동초등학교다. '율동'의 뜻이 그 율동은 아니었지만(밤 율에 골 동, 동네에 밤나무가 많아 붙여진 이름이라고 한다.) 해마다 가을이면 학교 곳곳에서 이름에 걸맞은 진풍경이 펼쳐지곤 했다.

운동회의 꽃이라고 하면 보통은 계주 경기를 떠

올릴 것이다. 하지만 우리 학교는 달랐다. 율동초등학교 운동회의 하이라이트는 율동이었다. 아침 조회 대형으로 줄을 맞춰 서서 학년별로 준비한 춤을 선보이는 그 몇 분을 위해 우리는 학기 초부터 두 달 가까이 연습했다. 체육 시간에도, 미술 시간에도. 운동장에서도, 복도에서도. 단체 율동은 선생님들의 자존심이 걸린 일이기도 해서 라이벌 학년끼리는 노래 선정 단계에서부터 은근한 경쟁이 붙었다. 지금도 기억나는 노래는 〈아기 공룡 둘리-비눗방울송〉 〈마카레나〉 〈헤이 미키〉 같은 것들이다.

그리고 그해에는 엄정화의 〈페스티벌〉이었다. 재롱 잔치 수준이었던 동요도 벅찼는데 가요에 맞춰 춤을 추려니 그야말로 죽을 맛이었다. 시범단 아이들의 날렵한 몸짓을 아무리 열심히 따라 해도 내가 추는 춤은 꼭 물에 빠진 사람이 보내는 다급한 구조 요청 같았다. 그보다 더 큰 문제는 안무가 좀처럼 외워지지 않는다는 것이었다. 테스트에 통과하지 못한 나는 결국 비슷한 뚝딱이 친구들과 방과 후 나머지 연습을 하게 됐다.

이제는 웃는 거야 Smile again~

(내 표정은 점점 구겨졌다.)

행복한 순간이야 Happy days~

(운동회 없는 세상은 행복하겠지.)

움츠린 어깨를 펴고 이 세상 속에

힘든 일 모두 지워버려

(지금 이게 힘든 일이라고!!!)

슬픔은 잊는 거야 Never cry~

(정말 울고 싶다….)

그러거나 말거나 뜨거운 태양 아래 Sunny days, 우리의 연습은 계속됐다. 일주일 넘게 이어진 특훈 끝에 마침내 모두가 한 번도 틀리지 않고 마지막 포즈(양손 높이 들어 응원봉 흔들기)까지 성공한 날, 안무 담당 선생님은 뚝딱이반의 해산을 알리며 기념으로 간식을 사주셨다. 떡꼬치와 핫도그, 그리고 피카츄 돈가스를.

그렇게 처음 먹어본 피카츄 돈가스는 과장을 조금 보태 충격적으로 맛있었다. 바삭하고 달콤하고 짭조름하면서 고소한, 저기 멀리 어딘가에 진짜

로 있을지도 모를 포켓몬 세계에서 가져온 음식 같
았다. 그 맛에 푹 빠져 초등학교 시절 내내 뻔질나
게 문방구 옆 분식집을 드나들었다. 비로소 찾아온
Happy days였다.

　　졸업과 함께 추억 속으로 사라진 피카츄 돈가스
를 다시 만난 건 그로부터 15년쯤 시간이 흐른 뒤였
다. 그사이 초등학교 운동회의 드높았던 위상은 하
염없이 곤두박질쳐 동네 잔치에서 애들 놀이로 강등
되었고, 거리에는 엄정화의 〈페스티벌〉 대신 아이즈
원의 〈피에스타〉가 울려 퍼지게 되었다. 그리고 나
는….

　　"우와, 이걸 요즘도 팔아요? 어렸을 때 진짜 많
이 먹었거든요!"
　　퇴근길에 우연히 발견한 피카츄 돈가스가 너무
반가워서 호들갑을 떨며 포장마차 사장님에게 말을
걸었다. 그때는 500원이었던 것 같은데 어느새 가격
이 세 배나 오른 걸 보니 내가 모르는 곳에서 물가상
승률을 착실하게 반영하며 살아남았구나. 기특하기
도 하지. 지갑 속 동전을 탈탈 털면서도 왠지 고마운

기분이 들었다. 거기까지는 좋았는데… 다시 맛본 피카츄 돈가스는 뭐랄까, 한없이 가짜에 가까운 맛이었다. 그걸 먹는 내내 내가 좋아하는 일식집의 바삭하고 두툼한 수제 로스가스가 떠올랐다. 이제 나는 그런 걸 진짜라고 생각하는 어른이 되어버렸다.

함께 일하는 언니들에게(언니라고 부르지만 모두 엄마뻘이다.) 이 얘기를 했더니 너도 나이를 먹긴 먹는구나, 하며 모두 호호 웃었다. 영란 언니는 바나나가 그렇다고 했다. 어릴 때 그 귀한 걸 동생과 반씩 나눠 먹으면 혀가 녹아내릴 것처럼 맛있었는데 얼마든지 먹을 수 있게 되니 좀처럼 손이 가지 않는다고. 눈을 감고 안마의자에 누워 있던 희숙 언니도 덜덜거리는 목소리로 끼어들었다. "나는 그 알록달록한 제사 젤리. 서로 더 먹겠다고 오빠들이랑 아주 피터지게 싸웠어. 여기 흉터도 그러다 생긴 거잖아. 순 맛대가리 없는 게 그땐 왜 그렇게 좋았나 몰라."

다른 듯 비슷한 언니들의 이야기를 듣다가 나는 조금 쓸쓸해졌다. 나이를 먹는다는 건 그런 걸까. 마음을 다해 좋아했던 것들이 하나씩 시시해지며 나를 둘러싼 세계 역시 천천히 빛을 잃어가는 걸까. 그렇다면 나도 언젠가 우리 매장 단골손님 투머치토커 할아버지처럼 아무도 묻지 않은 옛날 이야기를 구구절절 늘어놓게 될까? 추억 필터를 얹어야만 모든 게 선명하게 아름다워진다면. 그런 날이 온다면.

그리고 얼마 뒤, 휴게실 앞을 지나가는 나를 누군가 불러 세웠다. "자기야! 아이스크림 먹고 가!" 갑자기 웬 아이스크림인가 싶어 들어가 보니 언니들이 엑설런트를 먹고 있었다. 매장에 방문한 본사 팀장이 다 같이 나눠 먹으라며 두 박스나 주고 갔다고 했다. "이왕 돈 쓸 거면 커피로 사 오지. 하여간 센스 없어." 영란 언니가 구시렁거리자 옆에 있던 미옥 언니가 제일 맛있게 먹으면서 괜히 트집이라고 핀잔을 줬다. 엑설런트를 좋아하는 나는 신이 나서 단숨에 두 개나 까먹고 말았다.

"이거 먹으니까 옛날 생각난다."

금색 포장지를 만지작거리던 미옥 언니가 잠깐 뜸을 들이다 이야기를 시작했다. "옛날에 IMF때 나 책 팔러 다녔거든. 애들 아빠 월급이 안 나오니까. 백과사전 전집 있지, 여기저기 돌아다니면서 그걸

팔았어. 다들 어려우니까 잘 팔리지도 않는데 아는 사람이 일부러 두 세트나 사준 거야. 얼마나 고마워. 그래서 그 집에 선물로 이걸 사 갔어. 근데 우리 애들 생각이 그렇게 나더라. 마트 갈 때마다 졸라도 한 번을 안 사줬거든. 집에 오니까 재욱이가 엄마 왔어, 하고 달려 나오는데 얼굴을 못 보겠더라."

1990년대에 어린 자식을 키운 언니들에게도, 그 어린 자식이었던 나에게도 엑설런트는 그런 아이스크림이었다. 마음껏 사줄 수 없고, 실컷 먹을 수 없는. 그래서 어쩌다 한번 먹게 되면 그 맛이 두고두고 기억날 만큼 특별하게 느껴졌던 귀한 음식. 그렇게 생각하니 하나 더 먹고 싶어져서 냉동실 문을 열었다. "나도 하나 더!" 등 뒤에서 누군가 외쳤다. "그래? 그럼 나도!"

동그란 테이블에 옹기종기 둘러앉아 우리는 다시 엑설런트를 먹었다. 매장으로 돌아갈 시간이 다가와서 아까보다 조금 더 열심히 먹어야 했다. 노란 종이 파란 종이로 네모반듯하게 포장된 아이스크림이 꼭 크리스마스트리에 걸어놓는 장식용 선물 상자 같았다. 좋았던 것들이 하나씩 시시해져도 어떤 것은 추억 속으로 사라지지 않고 우리 곁에 남아 오래 오래 반짝이겠지. 아직도 누군가는 아이즈원의 〈피에스타〉 대신 엄정화의 〈페스티벌〉을 듣는 것처럼.

"맛있다, 그치."

"응, 맛있네."

그것 말고 다른 말은 필요하지 않았다.

추억 필터 없이도 아름다운, 바로 지금 여기의 맛이었다.

만만한 행복의 나라

맥도날드 소프트콘

사진 속 내가 반쯤 녹은 소프트콘을 손에 쥐고 환하게 웃고 있다. 태생이 집순이라 밖에서 찍은 사진에서는 대부분 무표정이거나 울상을 하고 있는데, 이 사진의 나는 천진하게 행복해 보인다. 아이스크림을 좋아하지 않는 어린이는 거의 없지만 내 경우에는 좋아하는 걸 넘어 사랑했던 것 같다. 아이스크림과 함께라면 땡볕 아래에서 열리는 길고 지루한 운동회도, 바지와 신발이 흙투성이가 되어버리는 고구마 캐기 체험도, 그럭저럭 견딜 만했다. 세상은 한없이 크고 나는 속절없이 작고 여렸던, 맥도날드 소프트콘이 300원이었던 시절의 이야기다.

　　용돈이 떨어져 캔모아나 앤하우스에 갈 수 없는 날이면 자연스럽게 맥도날드로 향했다. 빅맥 세트까지는 무리였지만 가방에 굴러다니는 동전을 탈탈 털면 아이스크림 정도는 먹을 수 있었다. 주머니 사정이 비교적 여유로운 누군가가 천 원짜리 몇 장을 꺼내 맥플러리를 먹게 해주면 그날의 영웅이 되어 극진한 대접을 받았다. (스티커 사진을 마음대로 꾸밀 수 있는 엄청난 권한을 줬다!) 그런 일은 물론 아주 가끔 일어났지만.

방금 전에 떡볶이와 순대를 잔뜩 먹었어도 여전히 뭔가 허전한 느낌이 들 때는 감자튀김을 함께 주문했다. 둘이 가면 하나, 셋이 가면 두 개. 쟁반에 와르르 쏟아놓고 아이스크림에 콕콕 찍어 먹으면 그곳이 바로 행복의 나라였다. 가진 것도 없으면서 가끔은 내가 세상보다 크게 느껴졌던, 맥도날드 소프트콘이 500원이었던 시절의 이야기다.

성인이 되고 나서는 줄곧 혼자 맥도날드에 갔다. 스무 살 여름에 버거킹 와퍼를 처음 먹어보고 충격과 배신감을 동시에 느낀 뒤로 더는 빅맥을 찾지 않게 되었지만 아이스크림만큼은 확실히 맥도날드 쪽이 월등했다. 몇 번을 먹어봐도 맥도날드의 완승이었다. 더 부드럽고, 더 달콤하고, 더 고소했다. 심지어 더 저렴하기까지 했다.

맥도날드에서 아이스크림을 먹는 나는 언제나 누군가를 기다리고 있다. 이제는 누군가를 기다릴 때만 맥도날드에 가기 때문이다. 나에게는 약속 시간을 꼭 지켜야 한다는 다소 꼰대 같은 강박이 있다. 아마도 그건 내가 기다림을 너무나, 정말이지 너어

어무나 싫어하는 인간이기 때문일 것이다.

약속에 늦어 누군가를 기다리게 만드는 상황이 두렵다. 내가 좋아하는 사람이, 내가 가장 싫어하는 일을, 다른 누구도 아닌 나 때문에 해야 한다는 게 미안하고 불편하다. 지하철이 연착될지 모르니 5분(경의중앙선을 자주 이용하는 사람들은 그렇지 않은 사람들에 비해 세상에 대한 신뢰도가 떨어진다는 연구 결과가 언젠가 발표될 것이다…), 초행길이라 헤맬지도 모르니 5분, 길에서 도저히 외면할 수 없을 만큼 귀여운 고양이를 만나 시간을 뺏길지도 모르니 5분. 그렇게 조금씩 서두르다 보면 거의 모든 약속에 일찍 도착하게 된다.

맥도날드 바 테이블 구석 자리에서 창밖을 바라보고 있으면 시간이 잠시 멈춘 것 같은 기분이 든다. 사람들은 모두 어딘가를 향해 바쁘게 움직이는데 나는 여기 앉아 한가롭게 아이스크림을 먹고 있다. 그저 녹아 흘러내리기 전에 재빨리 혓바닥을 가져다 대는 일에만 집중하면서. 그 순간 아이스크림보다 중요한 건 아무것도 없다. 현실의 그 어떤 문제도 눈앞의 소프트콘보다 커지지 못한다. 세계는 온통 하얗고 보드랍다. 5분 남짓한 시간 동안 나는 거의 완벽에 가까운 평화를 맛본다.

굳이 소프트콘인 이유는 그게 제일 만만하기 때문이다. 가격도 싸고 빨리 먹을 수 있는 데다가 배도 부르지 않으니까. 약속 장소 주변에 맥도날드가 없다면 소프트콘을 파는 다른 매장에 간다. 롯데리아도 좋고 버거킹도 좋다. 카페나 편의점도 나쁘지 않다. 누군가를 기다리며 이 책을 읽는 사람을 위해 어디서나 쉽게 만날 수 있는 가장 대표적인 소프트콘들의 특징을 정리해보았다.

1. 맥도날드

소프트콘의 기준이자 표준. 가격, 당도, 질감, 밀도 어느 것 하나 넘치거나 모자람 없이 균형 잡혀 있다. 모든 게 적당한데 그래서 오히려 특별하다. 그게 바로 맥도날드 소프트콘의 가장 큰 매력이다. 단맛과 함께 우유의 고소한 맛이 느껴져 쉽게 질리지 않는다. 의외로 콘이 담백하고 맛있다. 뻥튀기 같은 식감인데 훨씬 도톰하고 단단해서 끝까지 파삭파삭하게(바삭바삭이 아니다. 파삭파삭이다.) 먹을 수 있다.

2. 롯데리아

맥도날드에 비해 전체적으로 묽고 연한 느낌. 말하자면 유화보다 수채화에 가까운 맛이다. 단맛이 강하며 고소한 맛은 거의 느껴지지 않는다. 굉장히 부드럽고 엄청나게 빨리 녹는다. 콘 역시 더 얇고 가벼운 식감이다. 쫀쫀하고 밀도 높은 아이스크림보다 혀끝에 닿자마자 스르륵 녹아 없어지는 아이스크림을 선호하는 사람들이 좋아할 맛이다.

3. 버거킹

맥도날드와 롯데리아에 비해 당도가 낮고 질감이 단단하다. 아이스크림과 셔벗의 중간 식감으로 사락사락한 얼음 알갱이가 느껴진다. 두부로 치면 부침용이랄까. (맥도날드는 찌개용, 롯데리아는 순두부.) '소프트'라고 하기에는 입자가 다소 거칠지만 그만큼 천천히 녹아 여유롭게 먹을 수 있다. 콘은 단종되어 현재는 컵으로만 판매한다.

4. 미니스톱

'편의점 아이스크림이 맛있어봤자 얼마나 맛있겠어?'라고 생각한다면 큰 오산이다. 파스퇴르 원유가 50% 이상 함유되어 있어 꽤 고급스러운 맛이 난다. 뻥튀기처럼 가벼운 식감이 아니라 묵직한 전병 느낌이 나는 와플콘도 훌륭하다. 먹어본 사람들은 입을 모아 칭찬하지만 미니스톱 매장 자체가 워낙 드문 데다가 소프트콘을 취급하지 않는 곳도 많아서 대부분 그 존재조차 알지 못한다.

5. 폴바셋

비싸고 맛있는 프리미엄 아이스크림. 이거 하나 먹을 돈이면 앞서 열거한 네 가지 아이스크림을 전부 먹을 수 있다. 누군가를 기다리며 심심풀이로 먹기에는 다소 부담스러운 가격(4,000원)이지만 일단 한입 먹어보면 돈이 아깝지 않다. 상하목장 유기농 원유를 사용해 진하고 고소한 우유 맛이 느껴진다. 커피와의 궁합이 좋아 라테에 크림 대신 올려 먹는 메뉴가 유명하다. 하지만 나는 아이스크림은 역시 콘과 함께 먹는 게 더 좋다.

누군가를 기다리는 시간은 언제나 지루하지만 소프트콘과 함께라면 그럭저럭 참을 만하다. 나는 이제야 세상보다 너무 작지도 크지도 않은 보통의 사람이 되었고, 500원이었던 맥도날드 소프트콘은 700원이 되었다가 최근에 한 번 더 가격을 인상해 800원이 되었다. 곧 1,000원짜리 한 장으로 사 먹을 수 없는 날이 오겠지만 그래도 아직은 만만해서 다행이다.

'만만하다'라는 단어의 사전적 정의에는 '부담스럽거나 무서울 것이 없어 대하기 쉽다.'는 뜻 말고도 한 가지 뜻이 더 있다. '연하고 보드랍다.' 나는 이쪽이 조금 더 마음에 든다. 내가 사랑하는 소프트콘과 꼭 어울리는 느낌이라서. 누군가를 기다릴 일이 생기면 자연스럽게 맥도날드를 찾는다. 세상에서 가장 만만한 행복이 바로 거기에 있다.

그럼에도 사치가 필요한 날에는

하겐다즈

어제는 아주 오랜만에 로또를 샀다. 몇 년 만인지 정확히 기억나지 않을 만큼 오랜만이다. 마지막으로 로또를 샀던 날에는 백 선생님(수많은 자취생들의 밥상을 책임지고 있는 바로 그분.) 꿈을 꿨다. 꿈에서 나는 그가 운영하는 식당의 매니저였다. 꿈속의 백 선생님, 아니 사장님은 내 손을 잡고 몇 번이나 힘주어 말했다. 앞으로 잘될 거라고, 그동안 고생했던 걸 다 보상받을 만큼 크게 성공할 거라고. 그런 말을 듣다가 잠에서 깼더니 어슴푸레한 새벽이었다.

창문을 통해 들어오는 맞은편 건물의 은은한 불빛이 이상할 만큼 상서로웠다. 귓가에는 아직도 푸근한 목소리가 맴돌았다. 그 모든 상황이 어떤 징조처럼 느껴졌다. 나는 꿈의 내용을 아무에게도 말하지 않고 은밀하게 로또 다섯 게임을 샀다. 그리고 자꾸만 벅차오르는 마음을 애써 가라앉히며 토요일이 오기만을 기다렸다.

다섯 게임 중 맞는 번호는 단 하나뿐이었다. 오, 세상에. 하지만 실망하지 않았다. 아마도 그건 다른 운을 암시하는 꿈이었나 봐. 다음 책이 잘되면 북토크에서 이 이야기를 해야지! 잊어버리지 않도록 핸드폰 메모장에 적어두기까지 했지만 다음 책은 잘되지 않았고, 크게 성공한다던 나는 자잘한 실패를 취미처럼 반복하며 기나긴 암흑기를 통과하는 중이다. 그 뒤로는 한 번도 로또를 사지 않았다. 어제 충동적으로 복권방에 들어가기 전까지는 그랬다.

종종 가는 꽈배기집 옆에 있는 그 복권방은 한낮인데도 해가 진 것처럼 어두컴컴했다. 천장의 형광등은 일부러 꺼둔 건지 수명이 다 된 건지 절반은 불이 나가 있었다. "로또 다섯… 아니, 세 게임 주세요." 세상 무료한 얼굴로 〈맛있는 녀석들〉을 시청 중이던 아저씨는 다소 귀찮은 듯한 손길로 로또를 건네고 다시 텔레비전으로 시선을 돌렸다. 머쓱하게 복권방을 나와 함께 받은 거스름돈 2,000원으로 찹쌀꽈배기를 샀다. 한 손에는 꽈배기 봉투를, 다른 손에는 팔랑거리는 로또 용지를 들고 걸으며 생각했다. 내가 만약 1등에 당첨된다면….

역시 아파트부터 사야겠지. 굳이 서울을 고집할 필요는 없으니 어려서부터 쭉 살았던 일산이 좋을 것 같아. 중형 SUV 자동차도 한 대 뽑고, 가족들에게도 넉넉히 나눠주고, 평생의 꿈인 유기묘 두 마리를 입양하고, 그리고 또…

하겐다즈를 마음껏 사 먹어야지.

여기까지 생각하다가 나도 모르게 풉, 웃음이 터졌다. 하겐다즈라니. 무려 로또 1등에 당첨됐는데 하겐다즈라니. 아아, 나는 어째서 이렇게 배포가 작은 것일까? 하지만 사실이 그런 걸 어쩌겠는가? 부자가 된다면 냉동실 한 칸을 하겐다즈로 가득 채워놓고 싶다. 내가 상상할 수 있는 부자의 삶이란 겨우 그런 것이다.

하겐다즈만큼 비싼 아이스크림도, 하겐다즈보다 비싼 아이스크림도 이제는 너무 많지만 그래도 여전히 하겐다즈는 나를 비롯한 많은 사람들에게 고급 아이스크림의 대명사로 여겨지고 있다. 아무리 술에 취해도 하겐다즈가 진열되어 있는 '편의점 부자 존'은 함부로 건드리지 않는다는 이야기를 들을 때나 재난지원금이 지급된 뒤 하겐다즈 매출이 눈에 띄게 늘었다는 기사를 읽을 때면 얼굴도 모르는 사람들에게 한껏 동질감을 느낀다. 그리고 그러다가 꼭 어떤 이름을 떠올리게 된다.

이십대의 어느 여름에 나는 매일 같은 사람들과 점심을 먹었다. 여름방학과 동시에 시작된 그 아르바이트는 어린이들에게 자연의 소중함을 일깨워준다는 취지로 기획된 환경 체험전을 진행하는 일이었다. 6월 중순부터 8월 말까지 주 6일을 근무하는 빡빡한 일정이었지만 꽤 많은 돈을 벌 수 있어 경쟁이 치열했다. 두 번의 면접을 거쳐 최종 선발된 인원은 스무 명 정도였다. 그중 근무 포지션이 비슷한 두 명과 친해져 점심시간마다 함께 식당에 갔다. 한 명은 하겐 언니, 다른 한 명은 다즈 언니였다.

휴무일이 제각각인 우리가 다 함께 밥을 먹는 날은 일주일에 나흘이었다. 둘보다 셋이 더 즐겁기는 했지만 언제나 그런 건 아니었다. 하겐 언니와 다즈 언니는 잘 지내는 것 같다가도 한 번씩 부딪치곤 했다. 레퍼토리는 늘 비슷했다. 식사를 마칠 무렵 하겐 언니가 아이스크림 내기를 제안한다. 다즈 언니가 거절한다. 하겐 언니가 다시 조른다. 결국 가위바위보를 한다. 다즈 언니가 지면 하겐 언니에게 짜증을 낸다.

우리는 돈을 벌기 위해 황금 같은 방학을 포기

한 대학생들이었다. 아르바이트에 여름 한 계절을 통째로 바칠 만큼 돈이 급한 건 피차 마찬가지였기에 처음에는 각자의 상황을 이야기하는 일에 거리낌이 없었다. 누군가 우리의 가난을 소재 삼아 자조 섞인 농담을 던지면 낄낄거리며 한술 더 뜨기 바빴다. 하지만 점차 깨닫게 되었다. 서로의 가난이 아주 다른 모양을 하고 있다는 사실을. 겨울에 유럽 여행을 떠나기 위해 돈을 버는 사람의 가난과 다음 학기 등록금을 마련하기 위해 돈을 버는 사람의 가난은 동그라미와 세모처럼 다를 수밖에 없었다. 다즈 언니의 가난은 하겐 언니의 가난보다 절박했다.

그 내기가 부담스러운 건 나도 마찬가지였다. 점심시간에 아이스크림을 사려면 건물 1층에 있는 편의점에 가야 했는데 그곳에서는 메로나도 죠스바도 낯설게 비쌌다. 이런 마음을 솔직하게 말할 용기가 그때의 내게는 없었다. 부끄러웠다. 그래봤자 고작 몇천 원인 아이스크림 값이 아까운 내 처지가. 최선을 다해 숨기고 싶었다. 내 가난의 구체적인 모양을. 그때는 그게 자존심을 지키는 일이라고 생각했던 것 같다.

결국 먼저 말을 꺼낸 건 다즈 언니였다. 단체 급식 특유의 묽은 카레를 밥과 함께 비비며 언니는 말했다. 우리가 받을 세 번의 월급이 언니에게 어떤 의미인지. 결코 적지 않은 그 돈이 그럼에도 얼마나 아쉽고 부족한지. 당근을 싫어한다고 말하는 것처럼 담담하고 무심하게 언니는 그런 이야기를 털어놓았다. 가만히 듣고 있던 하겐 언니도 아무렇지 않게 대답했다. "오늘부터는 편의점 대신 잠깐 산책하다 들어가면 되겠다." 모두가 태연한 식탁에서 나는 자꾸 얼굴이 뜨거워졌다.

다즈 언니는 근무를 끝까지 마치지 못했다. 전시 철수를 몇 주 앞두고 지원했던 인턴십 프로그램 추가 합격 통보를 받게 된 것이다. 정직원 채용의 기회까지 열려 있어 언니가 정말 원했던 자리였다. 그 소식을 전하며 언니는 우리를 편의점으로 데려갔다. 문을 열고 앞장서서 성큼성큼 걸어 들어간 언니가 멈춘 곳은 편의점 부자 존이었다.

"자, 먹고 싶은 걸로 골라. 우리 오늘은 사치 한 번 부려보자."

우리는 한참을 고민하다 하겐다즈 미니컵을 하나씩 골랐다. "아이고, 나으리! 어찌 이리 귀한 것을…!" 지갑을 꺼내는 다즈 언니 옆에서 하겐 언니가 사극에 나올 법한 말투로 장난을 치는 바람에 모두 웃음이 터졌다. 파라솔 아래 둘러앉아 그 작고 비싼 아이스크림을 조금씩 아껴 먹으며 생각했다. 사치란 좋은 것이구나. 이토록 기쁜 것이구나. 어제와 똑같이 가난한 우리가 그 순간만큼은 잠시 여유로웠다. 의심할 필요 없이 확실하게, 마치 원래부터 그랬던 것처럼.

다즈 언니의 마지막 근무는 내 휴무일이었다. 하루를 쉬고 돌아오니 깨끗하게 비워진 언니의 사물함이 나를 맞이했다. 하지만 느낄 수 있었다. 언니가 내게 가르쳐준 용기가 거기 남아 있다는 것을. 그걸 손에 꼭 쥐고 여름의 끝을 향해 달렸다.

언니에게는 어떨지 모르겠지만 나에게 하겐다

즈는 여전히 사치스러운 아이스크림이다. 로또에 당첨돼야 비로소 마음껏 먹을 수 있는. 큰맘 먹고 집어들었다가도 이 돈이면 김밥 한 줄에 아이스 아메리카노까지 마실 수 있는데, 머릿속으로 계산기를 두드리며 슬그머니 내려놓게 되는. 그래도 아주 가끔은, 열 번 중에 한 번은 눈을 딱 감고 하겐다즈를 산다. 그런 날의 내게 필요한 건 김밥이나 아메리카노가 아닌 작은 사치다. 아찔하게 달콤한 그 한 컵을 비우고 나면 다시 용기를 낼 수 있다. 다즈 언니가 그랬던 것처럼 담담하고 무심하게 어떤 이야기를 시작할 수 있다.

혹시, 설마, 어쩌면, 만약에

키위아작

그리움에 대해 생각할 때면 한 번도 본 적 없는 사람의 초상화를 그리기 위해 애쓰는 기분이 든다. 눈은 동그랗고 코는 조금 짧아요. 전체적으로 강아지 같은 인상이에요. 설명만 듣고 열심히 손을 움직여보지만 이게 맞는 건지, 제대로 그리고 있는 건지 도무지 알 길이 없다. 동그란 눈에 짧은 코, 강아지를 닮은 얼굴은 세상에 얼마나 많은가. 강아지의 얼굴은 또 얼마나 다양한가. 원본에 가까워지려고 아무리 노력해도 결국 거기서 아주 멀리 떨어진 곳에 도착할 것이다.

그리움이란 뭘까?

보고 싶어 애타는 마음. 사전이 설명하는 그리움은 이토록 간결한데 나는 더 막연해진다. 보고 싶은 것들이야 많고도 많다. 한때는 세상 누구보다 친했지만 어느 틈엔가 자연스럽게 멀어진 친구들도 보고 싶고, 어린 시절 잠깐 키웠던 하얀 토끼도 보고 싶고, 몇 년 전 영등포 롯데시네마에서 잃어버린 체크무늬 셔츠도 보고 싶다.

하지만 그것들이 보고 싶어 애가 타느냐고 다시 묻는다면 솔직히 그 정도는 아닌 것 같다. 보고 싶긴

하지만 없어도 잘 살고 있는데. 평생 다시 만나지 못한다고 해도 별로 슬프지 않은데. 겨우 이런 마음도 그리움이라고 부를 수 있을까? 그림을 다 완성하고도 나는 이게 당신의 초상화라고 자신 있게 말하지 못한다.

이상하게 들릴지도 모르겠지만 내가 애타는 마음을 느끼는 순간은 다시 볼 수 없는 것을 떠올릴 때가 아니라 다시 먹을 수 없는 것을 떠올릴 때다. 그리고 그 마음은 해마다 이맘때쯤, 봄이 끝나갈 무렵에 찾아온다.

더위를 유독 심하게 타는 내가 남들보다 조금 이르게 반팔을 입기 시작하면 마트 청과 코너에는 어김없이 이 과일이 등장한다. 동글동글 귀엽고 새콤달콤 맛있는 키위. 딱딱한 키위를 한 팩 사서 적당히 말랑해질 때까지 기다렸다가 하나씩 꺼내 먹으며 창밖의 풍경이 하루하루 여름으로 변해가는 모습을 지켜본다. 어떤 해에는 한 팩을 다 먹기도 전에 완연한 여름이 되고, 어떤 해에는 세 팩쯤 비우고 나서야 비로소 계절이 바뀌었다는 사실을 깨닫는다.

키위를 좋아하는 이유는 오직 키위에서만 느낄 수 있는 '키위스러운 맛' 때문이다. 키위는 맛있다. 맛있는 건 확실한데, 구체적으로 어떻게 맛있는지 설명하기는 쉽지 않다. 달면서 시고, 시면서 쓰고, 그러면서도 끝맛은 상큼하다. 그 오묘한 맛을 차근차근 음미하는 게 좋아서 무작정 달기만 한 골드키위에는 손이 잘 가지 않는다.

이런 키위의 맛을 기가 막히게 구현한 아이스크림이 있다. 아니, 있었다. 이제는 단종되어 아는 사람만 아는 추억의 제품이 된 키위아작은 내가 가장 사랑했고 여전히 사랑하는 아이스크림이다. 이미 너무 많은 아이스크림에게 헤프게 사랑을 고백해버려서 진정성을 의심하는 사람이 있을지도 모르겠다. 하지만 정말이다. 키위아작에 대한 내 마음은 언제나 최상급이다. 제일 맛있고, 제일 내 취향이고, 그래서 제일 아쉽다. 하긴 뭐, 그게 다 무슨 소용일까. 어차피 이제 다시 먹을 수도 없는데.

2003년 빙그레에서 출시된 키위아작은 천연과즙 사용과 3중 구조라는 차별화 포인트를 무기 삼아 빙과 시장에 뛰어들었다. 나름대로 건강한 느낌을 주고 싶었던 것 같은데 그건 잘 모르겠고 그냥 맛있어서 인기를 끌었다. 바깥쪽의 키위 아이스와 안쪽의 파인애플 아이스 사이에는 얇은 얼음층이 있는데 그게 바로 이 아이스크림의 가장 큰 매력이다. 한입 깨물면 이름 그대로 와작! 가슴속까지 시원해지는 소리가 난다. 단단하고 새콤한 키위 아이스에는 진짜 키위를 먹는 기분을 느끼게 해주는 키위 씨 같은 것이 콕콕 박혀 있고, 부드럽고 달콤한 파인애플 아이스는 입안에서 사르륵 흩어지며 얼음보다 빨리 녹는다.

키위아작의 생산이 중단된 건 2016년 여름쯤이다. 이유는 매출 부진. 새로운 스타가 탄생하기 어려운 빙과 시장에서 새파란 신인이 무려 13년을 버텼으니 여러 사람이 무척이나 애를 썼을 것이다. 좋아하는 제품의 단종 소식은 갑작스러운 이별 통보와 다를 게 없다. 처음에는 현실을 부정하고, 있는 줄도 몰랐던 고객 게시판을 찾아가 민원을 남겨보기도 하지만 결국 받아들이는 것밖에 방법이 없다. 그래, 그동안 수고했어. 내가 많이… 사랑했어….

눈물을 머금고 보내주었던 키위아작이 새로운 옷을 입고 돌아온 건 그로부터 몇 년 후의 일이다. 적극적인 소비자들이 꾸준히 재출시 민원을 넣으며 담당자를 괴롭힌 결과였다. (이 멋진 분들에게 늦게나마 감사를 표하고 싶다.) 나는 몹시 기뻐하며 슈퍼에서 키위아작을 발견할 때마다 일종의 사명감을 가지고 꼭 몇 개씩 구입했다. 하지만 재결합 커플들의 결말이 대개 그렇듯 그 행복은 오래가지 못했다. 역시나 매출 부진 때문이었을까? 슬금슬금 자취를 감추기 시작한 키위아작은 화려한 귀환과 다르게 조용히 사라져버렸다. 이번에는 진짜 이별일 것이라는 예감이 들었다.

그리고 다시 여름, 장바구니에 키위를 담을 때마다 나는 여전히 키위아작을 떠올린다. 세상에는 아주 많은 아이스크림이 있지만 키위아작을 대체할 제품은 아직 찾지 못했다. 롯데 와삭바는 중간에 얼음이 들어 있는 3중 구조이기는 하지만 키위맛이 아니라서 탈락이고, 델몬트 골드키위바는 그린키위 특유의 상큼함이 느껴지지 않아서 탈락이다. 아이스크림 할인점에서 종종 보이는 쮸쮸바 키위맛은 이름만 키위일 뿐 막상 먹어보면 사과맛에 가까워서 매번 실망하게 된다. 누군가를 잊지 못해 일부러 그를 닮은 사람을 만나보지만 그럴수록 그 사람에 대한 아쉬움만 더 커지는 것처럼.

이번 여름에도 나는 아이스크림 코너에서 한참을 서성거리겠지. 키위아작이 없다는 걸 누구보다 잘 알면서도 혹시나 하는 미련을 버리지 못하겠지. 아주 작은 가능성도 차마 포기할 수 없는 마음. 보고 싶어 애타는 마음. 떠나간 사람 대신 떠나간 아이스크림을 생각하며 그리움이란 이런 것이구나, 어렴풋이 짐작해본다.

초록색 비닐로 포장된 아이스크림을 발견하면 머리로 생각하기도 전에 손이 먼저 움직인다. 그럴 일은 없겠지만 그래도. 혹시, 설마, 어쩌면, 만약에.

더 나은 내가 될 수 있다는 믿음

빠삐코 딸기

'소포모어 징크스'라는 말이 있다. 우리말로 직역하면 '2년차 징크스'인 이 말은 신입생 시절 우수한 성적을 내던 학생들이 2학년(sophomore)이 되어 부진을 겪는 현상을 설명하기 위해 만들어져 다양한 분야에서 널리 쓰이고 있다. 스포츠계에서는 혜성처럼 등장한 괴물 신인에게 찾아온 슬럼프를 뜻하는 말로, 영화계에서는 본편의 명성에 흠집만 내고 흥행에 처참하게 실패한 속편을 일컫는 말로, 연예계에서는 데뷔작 또는 데뷔곡 이후 이렇다 할 히트작을 내지 못한 배우나 가수를 지칭하는 말로.

이런 현상은 식품업계에서도 빈번하게 일어난다. 소비자에게 익숙한 베스트셀러의 후속 제품이 출시되는 일은 흔하지만 열에 아홉은 처음에만 반짝 관심을 모을 뿐 결코 오리지널의 인기를 뛰어넘지 못한다. 그 대단했던 허니버터칩도(한정판을 포함해 무려 일곱 종류나 되는 후속 제품이 출시됐지만 지금까지 살아남은 건 프로마쥬블랑 하나뿐이다.), 한동안 무서운 기세로 신제품을 쏟아냈던 바나나맛 우유도 오리지널을 이기지는 못했다. 이쯤 되면 당연한 소리 같지만 아이스크림 역시 마찬가지다.

언젠가부터 아이스크림의 세계에는 진짜 신인의 등장이 뜸해졌다. 어린이 대신 스스로를 '○린이'라고 칭하는 철없는 어른들만 바글바글한 인간 세계처럼 오래된 제품들이 슬그머니 옷을 갈아입고 나타나 신제품의 자리를 차지하기 시작한 것이다. 거꾸로 수박바, 죠크박바, 배뱀배 등 장난기 가득한 제품에서부터 돼지바 핑크/블랙, 쌍쌍바 포도/바닐라, 탱크보이 청포도/모히또 같은 사뭇 진지한 제품들까지. 최근 몇 년간 빙과 시장은 베스트셀러들의 부캐 열전 한마당 같았다.

삶의 다른 영역에서는 안전을 제일로 여기며 관성적으로 살아가지만 아이스크림을 고를 때만큼은 숨겨왔던 모험심과 도전 정신을 아낌없이 발휘하는 나는 그 반쪽짜리 신제품들을 그냥 지나치지 못하고 꼭 직접 먹어봐야 직성이 풀렸다. 별다른 기대 없이 어디 한번 맛이나 보자는 가벼운 호기심이었고, 대부분은 그게 처음이자 마지막이었다. 간혹 멸치볶음 사이에 섞여 있는 작고 가련한 꼴뚜기를 발견하는 빈도로 오리지널보다 뛰어난 후속 제품이 나오기도 했지만 그건 어디까지나 예외의 경우였다.

빠삐코 딸기를 처음 발견한 날도 그랬다. 앞서 먹어본 밀크맛에서 별다른 감흥을 느끼지 못해서였는지 반가운 마음보다 '또야?' 하는 마음이 조금 더 컸던 것 같다. 게다가 나는 인공적인 딸기맛을 별로 좋아하지 않는다. 딸기와 딸기맛은 현빈과 박현빈만큼이나 다른 장르니까. 하지만 아무리 그래도 신제품이 출시됐으면 한 번쯤은 먹어보고 싶은 게 아이스크림 덕후의 마음. 이건 또 얼마나 버티다 단종되려나…. 오지랖 넓게 대기업을 걱정하며 똑, 꼭지를 땄다.

맛있다!

생각보다 맛있다거나 딸기맛치고 맛있는 게 아니라, 그냥 그 자체로 분명하게 맛있었다. 상큼함과 부드러움 어느 한쪽에 치우치지 않은 균형 잡힌 베이스도, 중간중간 씹히는(조금 야박하긴 했지만) 딸기 과육의 식감도 좋았다. 무엇보다 싸구려 딸기우유가 아니라 제법 성의 있게 만든 딸기라테 느낌이 난다는 게 훌륭했다. 하나를 다 먹어갈 때쯤에는 오리지널보다도 맛있다는 생각이 들어서 살짝 당황스러웠다. 이게 왜… 왜 이렇게 맛있지?

그리고 못 견디게 부러워졌다. 이토록 멋진 후속을 만들어 낸 빠삐코가.

지금으로부터 5년 전, 첫 책이 세상에 나왔던 때를 기억한다. 아무도 모르는 신생 출판사에서 출간된 아무도 모르는 신인 작가의 책. 나 역시 아무것도 몰랐기에 그걸 품에 안고 부끄러움도 아쉬움도 없이 기뻤다. 책은 나름대로 큰 성공을 거뒀다. 그 시절 내가 누렸던 것들을 떠올리면 그야말로 엄청난 행운이었다는 생각밖에 들지 않는다. 가증스럽게 겸손을 떠는 게 아니라 사실이 그렇다. 그토록 얕은 내가 그토록 깊은 사랑을 받았다는 게 아직도 문득 거짓말처럼 느껴질 때가 있다.

뒤늦은 고백을 해보자면 나는 첫 책을 내고 나서야 비로소 글쓰기가 궁금해졌다. 보기 좋고 듣기 좋은 단어를 몇 가지 골라 예쁘게 나열하는 일 말고, 일기장에 끄적거렸던 말들을 조금 더 길게 풀어놓는 일 말고, 아직 다 버리지 못한 자기 연민을 자랑처럼 전시하는 일 말고. 위로 말고, 힐링 말고, 공감 말고, 그냥 내 이야기를 하는 방법을 배우고 싶었다.

그래서 그렇게 했고 깔끔하게 망했다. 두 번째 책도, 세 번째 책도. 이제 와서 생각해보면 그건 사람들이 내게 기대했던 이야기도, 내가 정말 하고 싶었던 이야기도 아니었던 것 같다. 그렇다면 나는 무엇을 한 걸까. 앞으로 무엇을 하면 좋을까. 고민하면 할수록 방향을 잃었다. 나를 더 알리고 싶어서 글을 쓰기 시작했는데 정작 내가 쓴 글은 자꾸만 나에게서 멀어졌다. 어떤 날에는 이런 생각이 들기도 했다. 더 나은 걸 만들지 못한다면 굳이 계속할 필요가 있을까?

나는 소포모어 징크스에 빠진 사람들의 마음을 알 것 같다. 그 마음은 아마도 의심일 것이다. 스스로에 대한 의심, 내게 좋은 말을 해주는 사람들에 대한 의심, 내가 이룬 성과에 대한 의심, 나의 노력과 의지에 대한 의심, 다음 기회에 대한 의심…. 의심에는 끝이 없어서 하나가 흔들리기 시작하면 도미노처럼 다른 것들도 줄줄이 무너진다. 뭔가 잘못됐다는 걸 깨닫고 재빨리 손을 떼도 이미 늦었다. 그래서 가만히 지켜봤다. 다 무너질 때까지. 더 좋은 방법도 있었겠지만 내가 할 수 있는 건 그것뿐이었다.

그리고 열심히 찾기 시작했다. 빠삐코 딸기를 닮은 것들을. 시즌 1보다 시즌 2가 더 재미있는 드라마, 타이틀곡보다 좋은 후속곡, 대표 메뉴보다 맛있는 신메뉴. 그런 것들을 통해 더 나은 내가 될 수 있다는 믿음을 조금씩 회복하고 싶었다.

사실 빠삐코 딸기는 오리지널을 이기지 못했다. 나에게는 더 맛있었지만 다른 사람들의 평가를 들어보면 빠삐코는 역시 초코라는 의견이 대세인 것 같다. 그래서 실망했냐고? 아니, 오히려 다행이다. "누가 뭐래도 나는 이번 책이 더 좋았어." 언젠가 내게 그렇게 말해주었던 사람들을 이제라도 믿을 수 있게 되어서.

1981년에 태어난 빠삐코는 벌써 마흔을 넘어 중년에 접어들었다. 그 앞에서 이제 겨우 다섯 해 글을 쓴 나는 한없이 작아지고 어려진다. 아직 작고 어려서 무럭무럭 자랄 수도 있을 것이다. 내가 나를 믿기만 한다면…. 그 믿음을 손에 꼭 쥐고 계속하기만 한다면….

우리의 최선을 기억해

구구콘

맥주를 좋아하는 내 동생은 수입 맥주도 국산 맥주도 공평하게 사랑하지만 미지근한 맥주는 입에 대지도 않는다. 라면을 좋아하는 친구 B는 달걀 푼 너구리도, 진라면 순한맛도 가리지 않고 잘 먹지만 물을 너무 많이 넣어 맹탕이 된 라면만큼은 도저히 용납할 수 없다고 한다.

아이스크림에 한없이 관대한 나에게도 차마 옹호하기 힘든 게 있다. 그건 바로 눅눅한 콘이다. 과자와 아이스크림 중 하나를 선택해야 한다면 언제나 아이스크림이지만 그래도 인정할 건 인정해야겠다. 콘 아이스크림의 생명은 아이스크림이 아니라 콘이다. 아이스크림이 아무리 맛있어도 그걸 받치고 있는 콘이 눅눅하면 50점을 넘지 못한다. 차라리 부러진 게 낫지. 물에 젖은 택배 상자처럼 흐물흐물하고 질긴 콘이라니. 생각만 해도 속상해진다.

문제는 바삭한 콘을 고르는 일이 마음처럼 쉽지 않다는 것이다. 엄지와 약지로 콘의 끝부분을 조심조심 만져보면 대충 감이 오긴 하지만 이런 꼼수가 통하지 않는 경우도 많다. 내가 고른 콘이 바삭한지 눅눅한지 확실하게 알 수 있는 방법은 딱 하나뿐이다. 직접 먹어보는 것. 포장지를 뜯기 전까지 콘은 '바삭하거나 눅눅한' 상태로만 존재한다. 마치 슈뢰딩거의 아이스크림처럼….

아이스크림에는 유통기한이 없다. 영하 18도 이하에서 살균 과정을 거쳐 제조된 후 쭉 냉동 상태로 유통되기 때문이다. 세균 번식의 위험은 낮다고 하지만 너무 오래된 제품은 품질이 떨어질 수 있으니 귀찮더라도 꼭 제조일자를 확인하는 게 좋다. 몇몇 기업들은 제조일로부터 1년까지를 유통기한으로 권장하고 있다.

제조일자보다 중요한 건 보관 상태다. 일정한 온도를 유지하지 못하고 얼었다 녹았다를 반복하면 1년 이내라도 얼마든지 변질될 수 있다. 바 제품은 그나마 낫지만 콘 제품은 이 과정에서 돌이킬 수 없는 강을 건너고 만다. 한번 눅눅해진 콘은 아무리 꽁꽁 얼려도 다시 바삭해지지 않는다.

만 2세 무렵부터 30년 가까이 아이스크림 애호가로 살아온 내 경험에 따르면 장사가 잘되지 않거나, 관리가 잘되지 않는 가게에서는 콘 제품을 피해야 한다. 너무 오래됐거나 냉동고 문이 제대로 닫히지 않은 상태로 보관되었을지도 모르기 때문이다. 어쩔 수 없이 이런 곳에서 아이스크림을 사야 한다면 되도록 튜브 형태의 제품을 고르는 것이 좋다. 반대로 지금 막 입고된 것처럼 냉동고 가득 가지런하게 줄을 맞춰 쌓여 있는 아이스크림을 발견하면 무조건 콘 제품을 집어들어야 한다. 이런 날에는 한입 깨물면 파스스 가루가 떨어질 만큼 바삭하고 신선한 콘을 기대해도 좋다.

마지막으로 가장 중요한 팁 하나, 콘 상태가 좋으면 뭐든 맛있지만 그중 최고는 역시 구구콘이다.

구구콘 포장지에는 내가 제일 좋아하는 영어 문장이 적혀 있다. 나는 영어를 잘 모르지만 이 문장이 세상 그 어떤 시보다 아름답고, 그 어떤 가사보다 감동적이라는 사실만큼은 확실히 안다.

caramel in chocolate&marshmallow ice cream and chocolate.

peanuts topping.

부드러운 초콜릿 아이스크림과 쫀득한 마시멜로 아이스크림, 4분의 3 지점에서 주르륵 흘러나오는 황금빛 캐러멜 시럽, 특별한 맛은 아니지만 오독오독 씹는 재미를 주며 존재감을 톡톡히 뽐내는 땅콩과 초콜릿. 여기에 옛날 과자처럼 수분기 하나 없이 바삭한 콘까지 더해지면 구구콘은 그야말로 천하무적이 된다. 이토록 완벽한 상태의 구구콘은 한번 맛보면 쉽게 잊을 수 없다. 아이스크림 할인점이 아니라 편의점에서 정가에 사 먹어도 돈이 전혀 아깝지 않은 맛이다.

그리고 이런 이유로 나는 눅눅한 구구콘을 아주 미워하지는 못한다. 월드콘이나 부라보콘이 눅눅하면 한입 먹자마자 곧바로 인상을 찌푸리며 투덜거리지만, 구구콘이 눅눅하면 아무도 모르게 조용히 당황할 뿐이다. 다른 사람들과 함께 먹을 때는 내 잘못도 아닌데 대신 변명하고 싶은 마음까지 든다.

"아니, 이게 오늘 상태가 안 좋아서 그렇지 원래 진짜 맛있거든요…."

바삭한 구구콘이 얼마나 훌륭한지 알아서 눅눅한 구구콘에게 쉽게 실망할 수 없다. 보관만 잘했다면 분명 최고의 아이스크림이 되어 모두에게 사랑받았을 텐데. 안타까운 마음에 어떻게든 다시 한번 기회를 주고 싶어진다.

　　누군가의 최선을 기억하는 일은 중요한 것 같다. 모두가 돌아서도 끝까지 응원할 용기를 주니까. 가능성은 숨은그림찾기의 아주 작고 희미한 그림 같아서 내 눈으로 직접 보기 전까지는 존재를 자꾸 의심하게 된다. 그래서 누군가의 가장 멋진 모습을 발견하면 그 장면이 흐릿해지기 전에 마음속 깊이 새겨놓는다. 그게 나 자신일 때도, 내가 좋아하는 사람일 때도. 형편없이 눅눅해질 미래의 어떤 날에도 우리의 최선은 거기 남아 변함없이 빛나고 있을 것이다.

　　나는 나의 최선을 안다. 오래오래 응원하고 싶은 사람들이 누구보다 밝게 빛났던 순간을 안다. 우리가 어떤 순간에, 어떤 방식으로 천하무적이 되는지 잘 알고 있다는 게 내가 가진 가장 강력한 무기일지도 모르겠다는 생각을 한다. 최악의 상황에서도 나만은 끝까지 나를 놓지 않을 테니까. 눅눅한 내가 못 견디게 싫다가도 아주 미워하지는 못할 테니까.

이 마음에는 유통기한이 없다. 몇 번을 얼었다 녹아도 다시 처음처럼 바삭할 것이다.

하늘색 슬픔을 가지고

뽕따

사람의 인중은 천사의 손자국이라는 오래된 이야기가 있다. 사람이 사람으로 태어나려면 천국에서의 일은 모두 잊어야 하는데, 세상에 나오기 전 천사들이 윗입술에 손가락을 가져다 대며 기억을 지워 준다는 것이다. 여기에 이런 이야기를 덧붙이면 어떨까? 기억을 빼앗기는 대신 아기는 한 가지 선물을 받는다. 품에 쏙 들어오는 조그만 항아리를. 그 안에는 평생 흘릴 눈물이 찰랑찰랑 들어 있다. 깨뜨리거나 잃어버리지 않도록 가슴속 깊숙이 항아리를 숨겨 주며 천사는 당부한다.

"여기서는 울 일이 없었지만 인간 세상에 가면 꼭 필요할 거란다. 바닥이 보이면 끝이니 조금씩 아껴 쓰렴."

나는 천사의 당부를 무시하고 항아리 속 눈물을 흥청망청 써버렸다. 세상에는 정말 울 일이 많았다. 처음 보는 사람들이 낯설어서 울고, 출근하는 엄마와 떨어지기 싫어서 울고, 동화책에 나오는 늑대가 토끼를 잡아먹어서 울고, 옆집 강아지 쪼롱이가 나를 보고 짖어서 울고…. 조금 더 커서는 밤마다 슬픈 노래를 들으며 아무 이유 없이 울었다. 어쩌면 그냥

우는 게 좋았던 걸지도 모르겠다.

헤프게 울었던 시절을 지나 이제 나는 눈물에 인색한 사람이 되었다. 언제부턴가 눈물을 참느라 곤란한 상황보다 눈물이 나지 않아서 민망한 상황이 더 많아졌다. 아차 싶어 뒤늦게 천사의 당부를 떠올려보지만 이미 늦었다. 내 항아리에는 남은 눈물이 별로 없다.

하지만 천사가 말해주지 않은 비밀이 하나 있다. 눈물 항아리의 바닥에는 아주 작은 글씨로 어떤 단어가 새겨져 있다는 것이다. 그 단어는 흔히 말하는 '눈물 버튼'이다. 이것으로 인해 흘린 눈물은 항아리에서 줄어들지 않는다. 뿐만 아니라 항아리가 텅 비어도 이것 때문이라면 얼마든지 눈물을 흘릴 수 있다. 어떤 사람은 자신의 항아리에 새겨진 단어를 아주 빨리 알아채고, 어떤 사람은 평생이 지나도록 알지 못한다. 여러 개의 단어가 새겨진 항아리를 가지고 태어나는 사람도 물론 있다. 내 항아리에는 이런 단어가 새겨져 있다.

모르는 노인.

이유는 잘 모르겠지만 나는 나이 든 사람이 자주 슬프다.

내가 사랑하는 소설 『쇼코의 미소』에는 안타까운 노인이 등장한다. 심한 우울증을 앓는 손녀가 쏟아내는 폭언을 묵묵히 듣고 있는 할아버지가. 그는 마당 한쪽에 피어 있는 분꽃에 시선을 고정한 채로 가만히 서 있다. 칼처럼 꽂히는 모진 말을 견디면서. 그 장면을 읽으며 많이 울었다. 살면서 그렇게까지 울어본 적은 한 번도 없었다.

여기까지 말하면 사람들은 묻는다. 할머니나 할아버지에게 각별한 사랑을 받고 자랐냐고. 아이구, 우리 강아지! 하며 엉덩이를 토닥토닥 두드려주는 할머니의 손길도, 할아버지가 엄마 몰래 손에 쥐여준 사탕의 달콤함도 나는 알지 못한다. 나의 할머니와 할아버지는 무뚝뚝한 어른들이었다. 친가에 가면 인사 말고는 딱히 할 말이 없었고, 외할아버지는 내가 태어나기도 전에 돌아가셨다. 그나마 있는 기억은 대부분 외할머니에 대한 것이다.

할머니가 잠시 우리 집에서 지냈던 어느 여름 방학에 있었던 일이다. '엄마에게도 엄마가 필요해.' 같은 당연한 소리를 새삼스럽게 하고 싶지는 않지만 그해 여름 엄마는 할머니 옆에서 참 좋아 보였다. 엄마는 운전을 하지 못했고 할머니는 무릎이 아파 잘 걷지 못했는데도, 우리는 부지런히 가까운 곳으로 나들이를 다녔다.

하루는 사골을 사러 시장에 갔다. 5일에 한 번 열리는 장날이라서 거리가 무척 붐볐다. 엄마는 분주하게 필요한 것들을 사고, 나는 할머니의 손을 잡고 그 뒤를 천천히 따라다녔다. 그게 조금 답답하다고 생각하면서. 그리고 다음 장면에서 우리는 시장 옆 기차가 다니지 않는 오래된 철둑길을 걷고 있다. 조각조각 떠오르는 그날의 기억을 맞춰볼수록 머릿속에 하나씩 물음표가 늘어난다. 우리는 어디로 가고 있었던 걸까? 짐도 많고 할머니도 있었는데 왜 택시를 타지 않았을까?

돌아오는 길에는 내가 앞장서서 걸었다. 사실 나는 직감적으로 알고 있었다. 저 뒤에서 어른들이 무언가 심각한 이야기를 하고 있다는 것을. 그 이야기에는 이모와 삼촌과 숙모가 등장할 것이고, 그래서 내가 들으면 안 된다는 것을. 다 알아서 아무것도 모르는 척할 수 있었다. 한참을 걷다가 나를 부르는 소리에 돌아보니 엄마와 할머니가 잔디밭에 앉아 있었다. 엄마는 1,000원짜리 몇 장을 흔들며 아이스크림을 사 오라고 했다.

슈퍼로 달려간 나는 뽕따 세 개를 사서 돌아왔다. 왜 하필 뽕따였을까? 다시 떠오르는 물음표는 그런 것이다. 나는 뽕따보다 빠삐코를 좋아했는데. 할머니가 뽕따를 좋아했었나? 아니면 엄마가? 글쎄, 그것도 아닌 것 같은데. 우리는 잔디밭에 나란히 앉아 땀을 식히며 뽕따를 먹었다. 그새 녹아 흐물거리는 꼭지를 할머니가 뜯어주었던 기억이 난다.

그게 마지막이었다. 우리 세 사람이 밖에서 그렇게 시간을 보낸 건. 얼마 지나지 않아 할머니는 서울의 한 요양병원에 들어갔고, 그곳에서 남은 생을 보내다가 조용히 돌아가셨다.

장례는 영등포에서 치러졌다. 친척은 많은데 상주실은 너무 좁아서 나는 장례식장과 집을 오가며 사흘을 보냈다. 첫째 날, 밤늦게 버스를 타러 가다가 문득 뽕따 생각이 났다. 지금 당장 그걸 먹지 않으면 안 될 것 같았다. 한겨울에 뽕따를 구하는 일은 생각보다 어려웠다. 근처 편의점을 샅샅이 뒤진 끝에 겨우 하나를 발견했다.

영등포구청역에서 영등포소방서까지 뽕따를 먹으면서 걸었다. 걷다가 조금 울었다. 장례식장에서도 울지 않았는데. 슬퍼서 눈물이 나는 건지, 너무 추워서 눈물이 나는 건지 알 수 없었다. 어쩌면 둘 다일지도 몰랐다. 이상했다. 이제 그 어디에도 할머니가 없다는 게. 엄마가 다른 날도 아닌 생일에 엄마를 잃었다는 게. 그런데 내가 길에서 아이스크림을 먹고 있다는 게. 그 아이스크림이 하필 뽕따라는 게. 생각하다 보니 뽕따가 뽕따라는 것도 이상했다. 이건 왜 이렇게 이상한 이름일까. 모든 게 이상한데 한편으로는 전부 당연하게 느껴졌다.

할머니의 발인날에도 나는 울지 않았다. 울고 싶었는데 눈물이 나오지 않았다. 할머니와 오랫동안 함께 살았던 사촌 언니가 유독 슬프게 울었다. "지원이가 그날 많이 울더라. 그게 참 기특하고 고마웠어." 나중에 이모가 이렇게 말했을 때 가벼운 죄책감을 느꼈다.

정작 우리 할머니 일로는 딱 한 번 울어놓고 나는 여전히 모르는 노인들에게 눈물이 헤프다. 그러다 여름이 되어 편의점에도 슈퍼에도 뽕따가 들어오면 그제야 할머니 생각이 난다. 뽕따가 뽕따라서 할머니를 떠올리면서도 아주 많이 슬프지는 않을 수 있다. 슬프기엔 너무 웃긴 이름이라서. 옛 생각에 잠기다가도 금방 다시 현실로 돌아와 오늘을 살아갈 수 있다. 파란색 슬픔이 아닌 하늘색 슬픔을 가지고.

팔다리가 굵고 췌장이 건강한 할머니

수박바

롤 모델이라는 건 이제 좀 촌스럽다고 생각했다. 1980년대에서 한 발짝도 전진하지 못한 구닥다리 입사지원서 양식에 꼭 끼어 있는 '존경하는 인물' 칸처럼. 평소에는 별생각 없다가 누군가 집요하게 물어보면 적당한 모범 답안 중 하나를 골라 대충 얼버무리곤 했다. "롤 모델 같은 거 없는데요." 그렇게 대답하면 너무 건방져 보일 것 같아서. 나는 언제나 내가 되고 싶었다. 지금보다 조금 더 유능하고, 조금 더 부유한 내가. 어차피 그것 말고 다른 건 될 수도 없을 테니까.

그랬던 나에게도 롤 모델이 생겼다. 없을 땐 몰랐는데 막상 가져보니 롤 모델은 꽤 좋은 거였다. 내가 꿈꾸는 미래에 먼저 도착한 사람이 현실에 존재한다는 사실만으로도 마음 한쪽이 든든해진다. 게다가 나는 운이 아주 좋은 편이다. 굳이 애쓰지 않아도 가까이에서 그 사람을 지켜볼 수 있는 데다가 마음만 먹으면 언제든 이야기도 나눌 수 있으니까. 등잔 밑이 어둡다더니, 내 롤 모델은 바로 옆집에 있었다.

가족들이 사는 일산 집에서 저녁을 먹은 날이었

다. 오징어볶음과 된장찌개를 맛있게 먹은 뒤 엄마가 냉장고에서 뭔가를 꺼내 왔다. 오목한 그릇에 옹기종기 담겨 있는 빨간 열매는 얼핏 앵두 같기도 했고, 산딸기 같기도 했다.

"이게 뭐야?"

"보리수 열매. 옆집 할머니가 친구들이랑 어디가서 따 왔다고 준 거야. 우리 한 컵, 미영 씨네 한 컵."

처음 먹어본 보리수 열매는 신기한 맛이었다. 말캉한 알맹이가 톡 터질 때마다 새콤달콤한 과즙이 입안 가득 퍼지고, 마지막에는 말로 설명할 수 없는 독특한 향과 함께 살짝 떫은맛이 느껴졌다. 그 오묘한 맛을 음미하며 나는 생각했다.

역시, 인싸의 삶이란….

우리 옆집에는 인싸 할머니가 산다. 나는 할머니의 이름도 나이도 모르지만 할머니가 누구보다 근사한 노년을 보내고 있다는 건 안다. 할머니는 친구가 많다. 삼십대인 나보다도, 육십대인 우리 엄마보다도. 손님 하나 드나들지 않는 우리 집과 다르게 할머니네 집에서는 매일 다양한 사람들의 웃음소리가 하하호호 흘러나온다. 할머니는 인정도 많다. 주말 농장에서 키운 상추와 너무 많이 말아버린 김밥, 시장에서 산 부드러운 시래기 같은 것들을 우리 집과 아래층 미영 씨네 집에 아낌없이 나눠준다. 심지어 할머니는 집도 많다! 지금 사는 집 말고도 아파트가 한 채 더 있는데 그 집은 전세를 놓았다고 한다. 할머니의 삶은 내 인생의 슬로건이자 장래 희망인 '부유하고 명랑한 독거노인' 그 자체다.

그리고 이 모든 게 가능할 만큼 할머니는 건강하다. 어느 날은 1층에서 엘리베이터를 기다리던 엄마와 미영 씨가 우연히 할머니를 만났다. 잠시 함께 수다를 떨던 할머니는 엘리베이터가 도착하자 미련 없이 돌아서서 계단으로 향했다. "같이 안 타세요?" 엄마가 묻자 할머니는 손을 휘휘 저으며 이렇게 대답했다.

"먼저들 올라가요. 나는 원래 운동 삼아 계단으로 다녀!"

그 모습에 깊은 감명을 받은 엄마는 집에 돌아와 실내자전거를 탔다. 나중에 들으니 할머니는 다리 힘을 기르기 위해 하루에 두 번은 꼭 계단을 오른다고 했다. 처음에는 힘들었지만 습관이 되니 이제 아무렇지 않다고. 12층을 가뿐히 걸어 올라갈 수 있는 할머니가 텔레비전이나 책 속이 아닌 현실에 존재한다는 게 너무나 멋지고 좋았다. 옆집 할머니는 그렇게 나의 롤 모델이 되었다.

요즘은 나도 할머니를 따라 계단을 오른다. 지금 사는 오피스텔은 본가만큼 층수가 높지 않아서 주로 지하철을 탈 때 계단을 이용한다. 영원히 끝나지 않을 것 같은 디지털미디어시티역의 계단을 헉헉거리며 올라갈 때마다 나의 롤 모델을 생각한다. 언젠가는 나도 그런 할머니가 되어 즐거운 노년을 보낼 수 있을까?

아마도 지금 이대로라면 어려울 것이다. 몇 달 전 받았던 건강검진 결과지에 경고 표시와 함께 쓰여 있던 '공복혈당장애 의심'이라는 말을 떠올려보면 그렇다. 그때까지 내 삶에 혈당에 대한 걱정은 전혀 없었다. 먹고 싶은 아이스크림을 먹고 싶은 만큼 먹어도 나는 언제까지나 괜찮을 줄 알았다. 그게 얼마나 큰 착각이었는지 결과지의 숫자들은 누구보다 냉정하게 가르쳐주었다.

당뇨인들과 아슬아슬한 비당뇨인들이 모여 각종 정보를 공유하는 카페에 가입한 나는 그곳을 수시로 드나들며 새로운 지식을 얻었다. 내가 사랑하는 아이스크림은 담배만큼 해롭지는 않지만 어떤 사람에게는 담배보다 치명적일 수 있다. 췌장에서 분비되는 인슐린은 혈당을 낮추는 일을 하는 유일한 호르몬인데, 동양인의 췌장은 서양인보다 작고 약하기 때문에 조심조심 아껴 써야 한다. 다만 포도당을 가장 많이 사용하는 허벅지 근육이 발달된 사람은 혈당이 쉽게 오르지 않아 먹고 싶은 걸 마음껏 먹을 수 있다. 일흔 살에도 여든 살에도 아이스크림을 계속 먹으려면 팔다리가 굵고 췌장이 건강한 할머니가 되어야 하는 것이다.

지난 주말에는 오랜만에 본가에 다녀왔다. 슈퍼에 가려고 엘리베이터를 기다리는데 계단 쪽에서 부스럭거리는 소리와 함께 인기척이 느껴졌다. "더운데 힘들게 계단으로 올라오셨어요?" 반가운 마음에 말을 걸자 할머니는 땀이 송골송골 맺힌 얼굴로 웃어주었다. 손목에 걸려 있는 노란 비닐봉지에는 두부와 대파, 그리고 수박바가 들어 있었다.

옆집의 롤 모델을 만날 때마다 내 장래 희망은 조금씩 구체적으로 업그레이드된다. 방 세 개짜리 아파트에 혼자 사는 할머니. 친구도 취미도 많아서 늘 바쁜 할머니. 평일에는 자전거를 타고 텃밭에 가고, 주말에는 보리수 열매를 따러 다니는 할머니. 수박바가 녹기 전에 12층을 계단으로 걸어 올라갈 수 있는 할머니. 그런 할머니가 될 수 있다면 나이를 먹는 일이 두렵지도 슬프지도 않을 것 같다.

슈퍼에서 돌아오는 길에는 엘리베이터를 타지 않고 계단으로 올라왔다. 참외 때문에 무겁고 힘들었지만 살짝 숨이 차는 느낌이 나쁘지 않았다. 아마도 기분 탓이었겠지만 물렁물렁하던 허벅지가 아주 조금 단단해진 것 같기도 했다. 그게 기뻐서 할머니에게 자랑하고 싶었다.

쑥스러운 마음을 숨기고 언젠가는 나의 롤 모델에게 이렇게 고백할 것이다.

"할머니 같은 할머니가 되고 싶어요!"

에필로그

넘어진 날에는 차가운 위로를

내가 아는 가장 팔자 좋은 프리랜서 이야기를 해볼까 한다. 도쿄에 거주하는 독신 남성인 그는 미술품이나 각종 인테리어 소품, 액세서리 등을 판매하는 수입 잡화상이다. 나이는 대략 사십대 중반 정도, 호리호리한 체형에 무려 188cm에 달하는 장신이다. 거래처가 제법 많은 편이지만 직원을 두지 않고 모든 일을 혼자 처리하고, 사무실이 있기는 하지만 업무 특성상 주로 외근을 한다. 도쿄 일대뿐만 아니라 기차를 타고 꽤 멀리까지 출장을 가는 경우도 잦다. 하루에 한 끼는 꼭 외식을 하는데, 일하기 위해 먹는 게 아니라 먹기 위해 일한다. 온갖 산해진미를 먹으러 다니며 슬렁슬렁 일하는 것 같지만 끊임없이 새로운 의뢰가 들어오고 벌이도 나쁘지 않은 편이다.

이쯤 되면 눈치채셨겠지요? 네, 맞습니다. 일본 드라마 〈고독한 미식가〉의 주인공 고로 아저씨 이야기입니다.

이 책을 쓰는 내내 〈고독한 미식가〉를 봤다. 하루에 딱 한 편만 본 날도 있었고, 다섯 편을 연달아

본 날도 있었지만 한 편도 보지 않은 날은 없었다. 별다른 서사 없이 그저 맛있는 음식을 맛있게 먹는 모습을 보여주는 이 드라마가 어떤 위안이 되었던 것 같다. 현실의 프리랜서인 나는 생계를 위해 몇 가지 일을 하면서도 늘 허덕이는데 화면 속 고로 아저씨는 너무나도 우아하게 한 가지 일을 계속해서. 그게 부럽고 샘나면서도 참 좋았다. 비록 가상의 인물일지라도 고로 아저씨만큼은 언제나 언제까지나 기쁘게 일했으면 했다.

하지만 밥벌이가 늘 즐거울 수는 없는 법. 한 에피소드에서 고로 아저씨는 클라이언트에게 보기 좋게 퇴짜를 맞는다. 자신만만하게 준비한 호텔 객실 리뉴얼 제안이었다. 구체적인 상품 계획이 기대와 다르다며 난색을 표하는 담당자에게 90도로 고개를 숙이며 고로 아저씨는 눈을 질끈 감는다. 그 찰나의 표정에서 느껴지는 수많은 감정을 나는 어쩐지 하나도 빠짐없이 다 알 것만 같았다. 이 정도면 괜찮겠지, 안일하게 생각했던 스스로가 못 견디게 부끄러운 마음. 나도 몰랐던 내 안의 교만을 정면으

로 마주한 순간의 당황스러움. 그렇게 반쯤 넋이 나
간 채로 거리를 배회하다 정신을 차리니 문득, 배가
고파진다.

길을 잘못 들어 한참을 헤매다 발견한 곳은 주
택가 안쪽의 카레 가게. 몸에 좋은 재료가 듬뿍 들어
간 약선 수프 카레 한 그릇을 비운 고로 아저씨는 무
언가 생각난 듯 다시 메뉴판을 펼친다.

'역시 있었어!'

마음속으로 쾌재를 부르며 주문한 디저트는 수
제 바닐라 아이스크림이다. 다른 곳에는 좀처럼 없
는 맛이라는 소개와 다르게 평범해 보이는 아이스크
림을 한입 맛본 고로 아저씨는 정체 모를 오묘한 향
에 이끌려 접시에 코를 대고 냄새를 맡는다. 그 모습
을 본 주인은 팔각이라는 향신료가 들어갔다고 알려
준다.

어디에서도 맛본 적 없는 아이스크림을 기쁘게
싹싹 긁어 먹고 가게를 나서는 고로 아저씨의 뒷모
습은 아까보다 훨씬 가뿐해 보인다. 호텔 담당자가

계속 강조했던 '특별한 방'이 무엇인지 대충 감을 잡은 것도 같다. 고로 아저씨는 결의에 찬 표정으로 다짐한다.

"좋아, 사무실로 돌아가서 다시 처음부터 시작하는 거야!"

이 에피소드를 볼 때마다 나는 매번 다른 아이스크림을 떠올린다. 중간고사를 망치고 친구와 함께 학원 옥상에서 먹었던 스크류바, 불쾌한 질문만 잔뜩 받았던 면접이 끝나고 삼청동의 어느 카페에서 혼자 중얼중얼 욕을 하며 먹었던 녹차 아이스크림, 다시 생각해도 얼굴이 화끈거릴 만큼 엉망이었던 북토크를 마치고 한껏 의기소침해져서 먹었던 맥도날드 딸기 선데이 아이스크림…. 코 푼 휴지처럼 마음이 사정없이 구겨진 날이면 나도 꼭 아이스크림이 먹고 싶었다. 입맛이 없는 날에도 아이스크림만큼은 끝까지 맛있었다. 힘내라는 말조차 듣기 싫은 날에도 가장 확실한 위로가 되어주었다.

밥을 먹거나 커피를 마시면서는 오래 슬퍼하고

오래 화낼 수 있지만, 이상하게 아이스크림을 먹으면서는 그게 잘 되지 않는다. 아이스크림과 함께 내 마음은 늘 스르륵 녹아버린다. 슬픈 일도 화나는 일도 남김없이 녹고 나면 아무것도 아닌 것 같아서 깨끗한 마음으로 이렇게 말할 수 있다.

"좋아, 다시 시작하는 거야!"

더위를 유독 심하게 타는 나는 위로도 다정도 조금 차가운 게 좋다. 숨이 막히도록 꼭 껴안아주는 대신 넘어질 때마다 무심하게 나를 일으켜주었던 수많은 아이스크림에게 늦게나마 고마운 마음을 전하고 싶다. 뜨거운 계절이 지나고 찬바람이 불기 시작해도 우리의 우정은 변하지 않을 것이다. 아이스크림을 먹기 좋은 계절이란 따로 없으니까.

그나저나 팥각이 들어간 바닐라 아이스크림은 도대체 무슨 맛일까? 고로 아저씨의 말에 따르면 고상한 맛이라는데. 언젠가 일본에 가게 된다면 꼭 먹어보고 싶다. 이렇게 많은 아이스크림을 먹었는데도 아직 내가 모르는 아이스크림이 더 많다는 게 정말로 든든하다. 그 친구들을 믿고 나는 앞으로도 계속 용감하게 넘어질 수 있을 것 같다.

020   아이스크림

좋았던 것들이
하나씩 시시해져도

1판 1쇄 펴냄 2022년 7월 28일   지은이 하현
1판 4쇄 펴냄 2024년 6월 15일

편집 김지향 정예슬
교정교열 안강휘
디자인 박연미
일러스트 정해지
미술 이미화 김낙훈 한나은 김혜수
마케팅 정대용 허진호 김채훈 홍수현 이지원 이지혜 이호정
홍보 이시윤 윤영우
저작권 남유선 김다정 송지영
제작 임지헌 김한수 임수아 권순택
관리 박경희 김지현 이유경

펴낸이 박상준
펴낸곳 세미콜론
출판등록 1997. 3. 24. (제16-1444호)
06027 서울특별시 강남구 도산대로1길 62
대표전화 515-2000
팩시밀리 515-2007
편집부 517-4263   세미콜론은 민음사 출판그룹의
팩시밀리 515-2329   만화·예술·라이프스타일 브랜드입니다.
                          www.semicolon.co.kr
ISBN
979-11-92107-64-6 03810   트위터 semicolon_books
                          인스타그램 semicolon.books
                          페이스북 SemicolonBooks
                          유튜브 세미콜론TV